HISTOIRE
DU FANATISME
DE NOSTRE TEMPS,

OU L'ON VOIT LES DERNIERS
troubles des Cevenes.

Par M. BRUEYS *de Montpellier.*

TOME TROISIE'ME.

A MONTPELLIER,

Chez JEAN MARTEL, Imprimeur ordinaire
du Roy, des Etats Generaux de la Province
de Languedoc, & de la Ville.

M. DCC. XIII.
AVEC PRIVILEGE DU ROY.

AVERTISSEMENT.

J'Ai differé affez long-tems à donner au Public ce troi-fiéme, & ce quatriéme To-mes ; parceque j'étois incer-tain, fi ce feroient les derniers de l'Hiftoire du Fanatifme : ce qui me tenoit dans cette in-certitude, c'eft que l'on avoit déja vû le Fanatifme éteint en 1692. & cependant il avoit recommencé en 1700. aprés même que les Fanatiques fe furent foumis en 1704. quel-ques-uns d'eux firent , de temps en temps , de nou-veaux efforts, pour renouvel-

ler les defordres ; & je crai-
gnois toûjours que le calme,
dont on joüiffoit dans le Languedoc, ne fuft troublé par
d'autres mouvemens.

Mais enfin, puifque cette
tranquillité dure heureufement depuis prés de trois ans,
& qu'il y a même beaucoup
d'aparence que la Paix generale, que toute l'Europe at-
tend, achevera de l'affurer,
& de rendre fages des Peuples qui doivent être defabu-
fez de leurs vifions, & qui
n'ont déja que trop fouffert ;
j'ai crû que je ne devois plus
differer à fatisfaire la curiofi-
té de ceux qui ont lû mes

deux premiers Tomes, & qui attendent, peut-eftre avec quelque impatience, de voir la fin de cette Hiftoire.

Elle contient ce qui s'eft paffé de remarquable depuis 1702. jufqu'en 1710. On y voit des évenemens dont perfonne n'a encore donné aucune Relation au Public : *La derniere Revolte du Vivarés : La defcente des Ennemis au Port de Cette : Le projet de fouleve-ment du Dauphiné : La découverte de ce qu' Abraham, Claris, Cofte, & St. Julien tramoient, pour remettre le feu dans les Cevenes ; & la mort de ces quatre Scelerats, qui ont été les derniers des Fanatiques, dont on a definfecté la Province.*

Au reste, je dois avertir le Lecteur, que lorsque je parlai, dans l'Avertissement de mon second Tome, d'une Histoire du Fanatisme que l'on donna alors au Public, j'étois mal informé, & de cet Ecrit, & de son Auteur; j'ai sçû depuis, que c'est un Homme de merite, habile Theologien, & capable de composer un bon Ouvrage, qui avoit eu seulement dessein de faire un simple Recüeil de ce qui s'estoit passé dans les Cevenes, du temps qu'il estoit Curé de St. Germain de Calberte.

méchant frapée en hollande

HISTOIRE

DU FANATISME

DE NOSTRE TEMPS.

TOME TROISIE'ME.

LIVRE PREMIER.

Ouт ce que nous avons ci-devant raconté des troubles des Cevenes, jufqu'à la fin de l'année 1702. eſtoit pluſtoſt un tumulte affreux , qu'une guerre

A iv

reglée ; mais en l'année 1703. &
les ſuivantes , dans leſquelles
nous allons entrer , les affaires
changerent entierement de face,
par le grand nombre de Gens
qui s'enrolerent ſous l'Etendart
de la Revolte , & par l'audace
des Chefs qui ſe mirent à la
teſte des Fanatiques.

Nous n'avons veu juſqu'ici
que des Meurtriers, & des Incendiaires timides, qui alloient
de nuit maſſacrer ceux des Anciens-Catholiques qu'ils ſurpre-
noient dans leurs maiſons , &
bruſler des Egliſes champêtres :
nous allons voir des Scelerats
audacieux , un *Roland*, un *Cavalier* , un *Catinat* , un *Ravanel* ;
marchant en plein jour , tambour battant, & enſeignes dé-
ployées , à la teſte de leurs Troupes ; logeant par billets en pluſieurs Lieux ; ayant leurs Offi-

ciers Subalternes, leur Infanterie, leur Cavalerie, leurs munitions de guerre & de bouche ; faifant des attaques, des
retraites, des embufcades ; attendant, de pied ferme, les
Troupes du Roy ; remportant
mefme quelque fois des avantages, par le nombre, la furpri-
fe, ou la connoiffance des lieux ;
& d'autant plus difficiles à vaincre, que leur manie les portoit
à affronter la mort fans crainte,
& que les crimes, dont ils fe fentoient coupables, les forçoient
à combattre en defefperez.

Nous allons voir auffi la France, quoique victorieufe encore
au dehors, obligée de faire marcher une partie de fes meilleures
Troupes, & d'envoyer fucceffi-
vement trois de fes Maréchaux,
pour réduire cette Canaille ;
comme Rome fut obligée autre-

fois de faire marcher l'élite de ses Legions, & d'envoyer trois de ses Preteurs contre des Esclaves soulevez, qui battirent quelque fois les Armées des Romains, mais qui, comme nos Fanatiques, furent enfin écrasez ; & dont ceux qui les vainquirent refuserent de triompher, pour ne point souiller l'honneur du triomphe par l'indignité d'une si infame guerre.

Ainsi, puisque les affaires changerent alors de face, je croi que le Lecteur approuvera que je change aussi de conduite, & que je ne m'arreste plus à rapporter, comme j'ai fait cidevant, les noms des Curez, & des Anciens-Catholiques, qui furent égorgez ; ceux des Maisons & des Eglises bruslées, & les differents supplices de ceux qui commettoient ces crimes ;

mais que je m'attache feulement
à raconter leurs plus audacieu-
fes entreprifes , les principales
expéditions qu'on fit contr'eux ;
& enfin , les moyens que la prudence & la neceffité infpirerent
à ceux qui commandoient dans
la Province, pour terminer cette
guerre , qu'on peut appeller plus
que civile , puifqu'outre l'acharnement de tous les Habitans de
ce malheureux Païs , à fouftenir
ces Infenfez , la rage & la folie
jointes enfemble , les porterent
à commettre alors les inhuma-
nitez les plus horribles.

Tandis que Mr. de Broglie ,
ainfi que nous l'avons déja veu,
fe donnoit des mouvemens affez
inutiles pour faire agir les méchantes Troupes qu'il avoit, Mr.
de Bafville portoit fes veuës de
tous coftez, pour découvrir d'où
il pourroit tirer du fecours , fans

préjudicier aux grandes affaires
que la France avoit alors fur
les bras,

Ainfi, ayant fceu qu'il y avoit
un Bataillon des Vaiffeaux en
quartier d'hiver dans les Evef-
chez de Toulon, d'Aix & de
Marfeille, où il eſtoit affez inutile, il demanda à la Cour, qu'il
fuſt mis dans les Diocéfes de
Nifmes & d'Ufés, où il pourroit fervir pendant l'hiver.

Il demanda auffi le Regiment
de Dragons de St. Cernin qui étoit
en Roüergue, quoiqu'il ne fût pas
encore en eſtat de bien fervir, &
un Regiment Irlandois qui étoit
à Final, d'où il pouvoit eſtre facilement tranſporté par mer en
Languedoc : enfin, il demanda
qu'il lui fût permis de faire venir
des Miquelets du Rouffillon ;
jugeant que des Gens accouſtu-
mez à grimper dans les Piren-

nées, feroient propres à fervir
dans les Montagnes desCevenes.

La Cour lui accorda tout ce
qu'il demandoit : Ces Troupes
furent envoyées dans la Province en divers temps, & emplo-
yées par Mr. de Broglie à me-
fure qu'elles arrivoient : Nous
verrons dans la fuite les fervices qu'elles rendirent.

Cependant les Eftats de Languedoc, affemblez alors à Montpellier, confiderant l'extréme
danger dont on eftoit menacé,
par le foulevement general des
Cevenes, ordonnerent la levée
de trente-deux Compagnies de
Fufiliers, & d'un Regiment de
Dragons, auquel on donna le
nom de la Province ; & comme
l'on avoit fujet de fe défier des
Religionaires, parceque leur Secte avoit produit le Fanatifme,
on eut la précaution de ne met-

tre dans ces Troupes aucun
Nouveau - Converti , ni pour
Officier , ni pour Soldat.

La Compagnie du brave Poul,
qui jufques là avoit fervi à pied ,
fut incorporée dans ce Regiment
de Dragons; & on ne lui eut
pas pluftoft envoyé des chevaux,
pour monter fes Soldats , qu'il
fe mit à la quefte des Revoltez,
& les battit en deux diverfes rencontres : la premiere, à Becdejeu,
où il y en eut quelques-uns de
tuez , & plufieurs bleffez : la feconde , dans le Valon de Ste.
Croix , où il fondit fur la Troupe de *Laporte* , qu'il tailla en
pieces , & où ce Chef fut tué
avec la plufpart de ceux qu'il
commandoit.

On avoit fouvent porté à
Montpellier les nouvelles des
avantages que Poul remportoit ;
mais , ayant efté averti que plu-

fieurs Religionaires de cette Ville refufoient d'y ajoufter foy, il
s'avifa alors, pour les en con-
vaincre, de faire couper la tefte
à Laporte, & à douze des principaux de ceux qui avoient refté
fur le champ de bataille, & d'envoyer ces teftes à Mr. de Bafville, qui les fit expofer en public, en un lieu appellé l'*Efpla-
nade*, qui eft devant la Cita-
delle, où tout le Peuple les alla
voir, & où les plus incrédules
virent de leurs propres yeux,
que ce qu'on leur racontoit au
moins alors de la défaite de cette Troupe, & de la mort de
celui qui la commandoit, eftoit
veritable.

Parmi les teftes qui furent
expofées, on s'attacha fur tout
à regarder, avec un plaifir mê-
lé d'horreur, celle du fameux
Laporte, qu'on fçavoit avoir

commis mille crimes , & conduit l'entreprise du massacre de
l'Abbé du Cheyla , que j'ai déja raconté ; mais dont , puisque
l'occasion s'en presente , je rap-
porterai ici une circonstance que
j'ignorois alors , & que j'ai ap-
prise de la propre bouche de
Joanny , qui estoit parmi les Fanatiques en ce temps-là , & qui
aprés s'estre rendu , & avoir esté
pardonné , se rejetta dans les
Cevenes , & vient de perir mi-
sérablement.

Laporte, ayant resolu d'assas-
siner cet Abbé, qui s'estoit at-
tiré la haine des Religionaires,
à cause du zéle dont il brusloit
pour leur conversion , assembla
une Troupe de Jeunes-Gens armez , ausquels il déclara son
dessein ; mais, les ayant trainez
huit ou dix jours par les bois,
sans les pouvoir resoudre á l'exe-

cuter, voici le ftrategeme dont
il s'avifa pour les y déterminer.

Il fit preparer fecretement des
fufées volantes ; & ordonna à
ceux qui les portoient, & qui
devoient y mettre le feu, de
s'aller cacher parmi des rochers,
dans un bois auprés du Village
du Pont de Mont-Vert : il commanda auffi en mefme-temps à
quelques-uns de fa Troupe, qui
eftoient de fon fecret, de porter dans leur fein des pigeons
en vie, pour les lafcher quand
ils verroient en l'air les fufées.

Ces chofes ainfi difpofées, il
mena fa Troupe dans ce bois
pendant une nuit fort obfcure,
& eftant monté fur un rocher
affez élevé, pour eftre oüi de
tous, il les exhorta à le fuivre,
pour aller executer ce qu'il leur
avoit déclaré : mais, voyant
qu'ils refufoient de lui obéir, il

se mit, tout d'un coup, à crier de toute sa force, *que l'Esprit venoit de lui dire, qu'à cause de leur desobéissance les feux du Ciel estoient prests à tomber sur eux; & que le St. Esprit, qui les avoit conduits jusques là, alloit les abandonner, & s'envoler dans le Ciel.* A ces cris, qui estoient le signal qu'il avoit donné, ceux qui estoient cachez derriere des rochers, mirent le feu aux fusées : les autres, qui estoient dans l'Assemblée, lascherent les pigeons; & la Troupe imbécille, qui n'avoit jamais veu des feux d'artifice, surprise de voir l'air rempli de feux, & d'entendre, dans les tenebres de la nuit, les battemens des aisles des pigeons, se prit à crier, *miracle!* & dit à Laporte, *de les mener où il voudroit:* Ils partirent donc sur le champ, & allerent à Mont-

Vert, où ils égorgerent cet illuftre Abbé, de la maniere que
je l'ai raconté ci-devant.

Quelques jours avant que Laporte euft efté tué, il avoit fait
maffacrer le Conful de Molezon,
qu'il foupçonnoit d'avoir efté
caufe que Poul l'avoit battu à
Becdejeu, parcequ'il l'avoit averti de fa marche; il eut mefme
la cruauté de faire tuer ce pauvre homme en prefence de fon
Fils, auquel il donna la vie,
non par un fentiment d'humanité, car il en eftoit incapable,
mais afin qu'il allaft publier par
tout, que ceux qui donneroient
de pareils avis, devoient s'attendre au mefme traitement.

La mort de Laporte étonna
les Fanatiques; ils fongerent
auffitoft à la reparer : Roland
fon neveu fut mis en fa place;
& ce nouveau Chef leur em-

mena un si grand nombre de
Scelerats de la Vau-Nage, où
il estoit lorsque son oncle fut
tué, qu'il y en eut assez, non-
seulement pour remplacer ceux
qu'ils avoient perdus à Becdejeu,
& au Valon de Ste. Croix, mais
encore pour former une nouvelle Troupe, dont le commandement fut donné au plus cruel
homme que les Montagnes des
Cevenes ayent jamais produit;
il s'appelloit *Couderc*, & estoit
natif de Mazel-Rosade, qui est
un petit Hameau, proche St.
Germain de Calberte.

Nous avons déja veu, quel
homme estoit Roland : Je dois
dire ici, que Couderc estoit un
petit homme d'environ trente
ans, dont la phisionomie ré-
pondoit parfaitement bien aux
méchantes actions qu'il avoit
faites pendant sa vie : ses Pere,

Mere, Freres & Sœurs, s'eftoient dévoüez depuis long-
temps au fervice des Fanatiques,
& chacun y exerçoit fes talents,
les uns de Predicans, les autres
de Chantres, les autres d'Inf-
pirez; ainfi, les fervices de fa
famille, & fes inclinations portées au mal, le firent choifir
pour Chef d'une Troupe qu'on
ne mettoit fur pied que pour
commettre toutes fortes de crimes.

En changeant d'eftat, il chan-
gea de nom, & fe fit appeller
Lafleur: Son premier exploit,
aprés qu'il eut efté élevé au com-
mandement, fut d'aller de nuit
avec fa Troupe au Hameau de
Mazel-Rofade, lieu de fa naiffance: la fureur fanatique dont
il eftoit agité, le porta d'abord
dans la maifon d'un Païfan Ancien-Catholique, nommé Pierre

Gely, dont il avoit autrefois débauché la Sœur ; cet homme, effrayé de voir entrer chez lui de nuit de tels Hostes, se jetta par une fenestre du derriere de son logis, & se sauva à travers les champs : sa Femme, qui estoit proche parente de Lafleur, en eust fait de même ; mais la pauvre femme venoit d'accoucher dans ce moment, & avoit auprés d'elle l'Enfant qui venoit de naistre, & un autre petit Garçon, âgé de six ans, qui fondoit en larmes : ces trois Objets auroient attendri un Démon ; ce Monstre n'en fut point touché, il égorgea, de ses propres mains, ces trois innocentes Victimes ; &, aprés qu'il les eut ensevelies dans les flammes de leur maison, qu'il réduisit en cendres, il alla brusler, du mesme feu,

les Eglifes & les Maifons Pref-
biterales de trois Parroiffes voifines.

Ce fut à-peu-prés en ce temps-
là, qu'un Capitaine du Regiment de Marfily, appellé Vidal,
Gentilhomme fort eftimé, du
voifinage de Touloufe, trouva
une belle occafion de fe figna-
ler, & pour la Religion, & pour
le fervice du Roy : Il fut
averti qu'une Troupe de Rebelles paroiffoit de ce cofté-là;
il fortit, marcha à eux, & les
attaqua derriere une haye où
il les trouva retranchez : fes Soldats, intimidez par le grand
nombre des Fanatiques, lafche-
rent le pied, & l'abandonnerent
lafchement; il ne put fe refou-
dre à prendre la fuite, & aima
mieux mourir l'épée à la main,
avec fon Sergent, qui ne l'a-
voit pas encore quitté : dans le

temps qu'il s'avançoit vers les
Revoltez, il fut blessé d'un coup
de fusil, qui le fit tomber par
terre ; il commanda alors à son
Sergent de se retirer : ces Furieux le voyant seul, sortirent
de leurs retranchemens, fondirent sur lui de tous costez, l'en-
vironnerent, & offrirent de lui
donner la vie, s'il vouloit re-
noncer à sa Religion ; mais, voyant sa constance à vouloir mourir Catholique, ils lui rempli-
rent de poudre, les yeux, le
nez, les oreilles & la bouche,
& , y ayant mis le feu, leur cruauté ingenieuse ne servit qu'à
lui faire remporter , par une
seule mort , une double Couronne de gloire , en donnant
sa vie, tout-à-la-fois, & pour
son Dieu, & pour son Roy.

Il y avoit alors dans les Cevenes un Predicant , appellé
Laquoyte,

Laquoyte, qui estoit la principale cause de toutes les cruautez que les Fanatiques y exer-
çoient : il ne portoit pas les armes comme les autres ; mais,
par ses exhortations pathetiques,
il faisoit plus de mal que tous, en
les excitant à commettre les plus
noirs attentats : c'estoit une fu-
rie qui alloit de lieu en lieu,
soufflant par tout la revolte,
les meurtres, & les incendies :
Mr. de Basville, qui estoit ins-
truit de tout, par les Espions
qu'il avoit dans le Païs, l'a-
voit fait chercher inutilement
depuis long-temps ; mais enfin,
par les bons avis qu'il donna à
ceux qui avoient ordre de l'arrester, dans le temps qu'il parcouroit la Parroisse du Pompidou, pour y porter la desolation, il fut pris, conduit au Fort
d'Alais, & de là à St. Jean de

B

Gardonenque, où il fut con_
damné à la roüe, fur laquelle
il expira en Scelerat comme il
avoit vefcu.

Dans l'orage épouvantable
qui agitoit les Cevenes, & mettoit en fuite les Curez & les
Catholiques, la Ville de Mende, qui eft la Capitale du Gevaudan, eftoit dévenuë l'azile
des Pafteurs, & des Troupeaux
fugitifs, par les foins de Mr. de
Baudry qui en eftoit alors Evê_
que : Ce zélé Prelat n'avoit
épargné, ni fes foins, ni fes
exhortations, ni fa bourfe, pour
obliger les Confuls, & les Habitans, à la fortifier : à la pourvoir abondament de munitions
de guerre & de bouche : à mettre fur pied des Compagnies,
& des Officiers pour les com_
mander ; enfin, à ne rien né-
gliger, non feulement pour fe

bien défendre , mais encore pour pouvoir envoyer des fecours aux Lieux du voifinage : & il y avoit alors une vingtaine de Curez , & plufieurs Familles Catholiques, qui y trouverent les affiftances charitables dont elles avoient befoin , dans l'extrême neceffité où les avoient réduits les pillages & les incendies de leurs maifons.

Sur la fin du mois de Decembre 1702. les Fanatiques eurent l'audace de convoquer, en plein jour, une Affemblée nombreufe fur les ruines du Temple d'Aygue-Vive , Village prés de Nîmes : Ce fut là , que parut fur la fcene , pour la premiere fois , un de leurs Chefs , appellé *Cavalier*, dont on n'avoit pas encore oüi parler ; mais dont nous aurons bien de chofes à dire dans la fuite. Mr. de Bro-

glie, qui estoit dans un perpetuel mouvement pour prevenir
les desordres, en fut aussitost
averti ; il y alla lui mesme en
diligence avec des Troupes, &
surprit les Rebelles assemblez :
ils n'eurent pas le temps de re-
sister, & furent dissipez ; Cavalier se garantit par la fuite,
avec plusieurs de sa Troupe :
on y fit pourtant grand nombre de prisonniers, dont quelques-uns furent condamnez à
la mort, les autres envoyez aux
Galeres.

Les Rebelles n'avoient encore osé attaquer aucun des
gros Bourgs des Cevenes ; ils
n'avoient bruslé que des Eglises
champêtres, & égorgé que ceux
des Curez & des Catholiques
qui avoient eu le malheur de
tomber entre leurs mains, ou
d'habiter en des lieux éloignez

de tout fecours : mais , comme ils fe trouverent en ce temps-là en grand nombre , & commandez par des Chefs plus entreprenans que ceux qu'ils avoient eu jufqu'alors , ils voulurent faire une action d'éclat , & refolurent d'aller faccager St. Germain de Calberte.

Le premier jour de l'an 1703. ils s'y rendirent fans bruit à dix heures du foir au nombre de quatre ou cinq cent , & l'attaquerent tout-à-la-fois avec fureur par deux differents endroits : Les Habitans , qui avoient efté avertis que cette attaque avoit efté refoluë dans une Affemblée faite au Collet , étoient fur leur garde , & avoient eu la précaution de fe bien retrancher : ils avoient , outre cela , cinquante hommes de Troupes reglées , que Mr. de Baf-

ville, qui se doutoit du dessein
des Fanatiques, y avoit fait mettre depuis peu ; ainsi ils furent
receus de tous costez avec beaucoup de vigueur, & aprés deux
heures d'un combat nocturne,
& opiniastré de part & d'autre,
ils furent par tout repoussez &
contrains de se retirer , ayant
laissé sur la place une vingtaine
de morts, dont ils en emporterent quelques-uns, avec plusieurs blessez , & s'allerent camper sur une hauteur voisine, d'où
ils se contenterent de criailler,
& de faire de vaines menaces à
ceux qui venoient de les chasser honteusement. Nous ne perdimes en cette occasion qu'un
seul Soldat : Et je ne dois pas
oublier de dire ici , que plusieurs des Habitans de St. Germain s'y signalerent à l'envi des
Troupes qui les deffendoient.

Cependant, les Regimens que Mr. de Bafville avoit demandé, & quelques autres encore, que la fin de la Campagne permit de lui envoyer, commençoient d'entrer de tous coftez dans le Languedoc ; & comme Mr. de Broglie, feul Officier General, ne pouvoit pas fuffire au Commandement de tant de Troupes, la Cour lui envoya Mr. de Julien, Brigadier des Armées du Roy, pour fervir fous fes ordres, & lui aider à réduire les Rebelles de cette Province.

Cet Officier avoit eu le malheur de naiftre dans l'Herefie, & d'avoir porté les armes dans fa jeuneffe contre le Roy : mais il eftoit entré depuis peu dans le fein de l'Eglife , & dans le fervice de fon Prince legitime ; & les grands fervices, qu'il rendit bientoft aprés , firent con-

noiſtre à tout le monde, qu'on
ne pouvoit faire un meilleur
choix.

A meſure que les Troupès des
Catholiques groſſiſſoient dans le
Languedoc, celles des Fanatiques augmentoient auſſi ; & le
même Hiver, qui avoit fait ceſ-
ſer les expeditions militaires ſur
nos Frontieres , & jetté bon
nombre de Gens de guerre dans
les Cevenes, avoit auſſi fait ceſ-
ſer les travaux des champs, &
rempli les Villages de ce Païs
ſeditieux d'un nombre infini de
Jeunes-Gens, qui ne reſpiroient
que les incendies & les maſſacres.

Les Rebelles n'avoient pas
encore eu tant de Troupes qu'ils
en avoient alors ; *Roland*, *Caſtanet*, *Lafleur* , *Joigny* , *St. Jean,
Cavalier*, avoient chacun la leur;
ils les joignoient , les ſeparoient,
les augmentoient ou les dimi-

nuoient, selon le besoin & les occasions : tout le Païs des Cevenes, qui estoit entierement à leur devotion, continuoit toûjours à leur fournir des Hommes, des vivres, des retraites, & à leur donner avis exactement de tous les mouvemens que nos Troupes faisoient pour tomber sur eux ; ainsi, l'on ne doit pas s'étonner, si au commencement de cette année ils firent plus de ravages qu'ils n'en avoient encore fait.

Aprés que les Rebelles eurent esté chassez de St. Germain de Calberte, ainsi que nous l'avons veu, ils se répandirent par Troupes dans les Diocéses de Mende, d'Alais, d'Usés & de Nîmes, portant par tout le fer & le feu, brûlant les Eglises, massacrant les Prestres & les Catholiques qui avoient le malheur

de tomber entre leurs mains barbares, sans que le sexe, ni l'âge,
ni l'enfance même en garantis-
sent aucun de leur cruauté; &
ils firent cette incursion avec
tant de rapidité, que dans le
seul mois de Janvier de 1703. on
compta plus de quarante Parroisses, Chasteaux ou Maisons
réduites en cendres, & plus de
quatre-vingtPersonnes égorgées.

　　Ce qui redoubla alors leur
fureur, c'est, qu'ayant esté avertis du grand nombre de Troupes qui entroient dans les Cevenes, ils jugerent qu'ils en seroient bientost accablez, & ils
voulurent bien employer le tems
qu'il leur restoit à mal faire;
ainsi, ils firent tous ces ravages,
tandis que nos Troupes estoient
en marche pour se rendre aux
Quartiers qui leur estoient as-
signez, & que Mr. de Broglie,

Mr. de Julien & Mr. de Bafville confultoient & formoient enfemble le plan d'un projet qui puft mettre fin à de fi grands meaux, fans détruire entierement le Païs & les Habitans.

Avec les forces que l'on avoit alors, rien n'eftoit plus aifé que de les paffer tous au fil de l'épée , & brûler tous les Lieux qui favorifoient leur revolte : & il fembloit à plufieurs, que c'étoit le feul moyen qu'il y avoit, pour appaifer cet affreux foulevement , car la contagion eftoit generale; & l'on avoit fouvent éprouvé , que ce n'eftoit rien faire, que de tuer feulement ceux qui avoient les armes à la main, puifque le Païs, qui eftoit tout gangrené , leur en fourniffoit auffitoft d'autres , & en plus grand nombre, & encore plus inhumains.

Mais , si l'on avoit pris ce parti , on auroit fait un vaste desert d'un des plus beaux Cantons du Languedoc : & Mr. de Basville trouva plus à propos de réduire les Rebelles sans les perdre entierement ; & de conserver en même-temps , & à l'Etat, un Païs dont le commerce étoit considérable , & au Roy , un grand nombre de Sujets , qui , quelques égarez qu'ils fussent par les visions du Fanatisme, pouvoient enfin estre gueris de leur folie , & redevenir raisonnables & fidéles comme ils estoient auparavant.

Nous verrons dans la suite le juste milieu que l'on prit dans de si fâcheuses extrémitez ; & comme l'on mêla ensemble, avec sagesse , la severité à la clemence, qui fut le temperament que l'on trouva, pour guerir entierement le mal , fans tuer tout-à-fait le Corps malade.

Tandis que les Fanatiques faccageoient les quatre Diocéfes dont nous avons parlé, & que les fecours que l'on attendoit pour reprimer leur fureur eftoient en marche, une de leurs Troupes attaqua dans la nuit le Chafteau de Bernis, où eftoit Madame la Marquife de Toiras ; mais le Sr. de Nogaret, Capitaine des Grenadiers du Regiment de Piemont , s'y trouva heureufement , & deffendit fi bien ce pofte avec le peu de Gens qu'il avoit, que quoique ces Scelerats fuffent en grand nombre, aprés en avoir tué & bleffé plufieurs , il obligea les autres à fe retirer , & à aller porter ailleurs le feu qu'ils lui avoient deftiné.

Mr. de Broglie parcouroit

alors les Hautes-Cevenes , où
il garantit les postes les plus im-
portans de l'orage qui éclatoit
par tout : mais , ayant appris que
les Rebelles estoient descendus
dans la plaine , il s'y rendit en
diligence , & alla à Caveyrac ;
là , il fut averti , par le Sr. Bo-
nafons , Capitaine d'une Compagnie franche , qu'une de leurs
Troupes , composée de prés de
trois cens Hommes armez , venoit de faire une Assemblée à
St. Cosme dans la Vau-Nage :
qu'il l'avoit attaquée ; mais, qu'a-
prés avoir fait tuer leur Senti-
nelle , ses Soldats , intimidez
par le grand nombre , l'avoient
abandonné.

A cette nouvelle , Mr. de
Broglie partit aussitost dans la
nuit avec soixante Dragons, &
alla chercher les Fanatiques par
tout où il crut les pouvoir trou-

ver : Il les fuivit à la pifte de
St. Cofme, à Candiac, à Vau-
vert, à Beau-Voifin, à Generac, & à Aubord : là , il eut des
avis certains qu'ils n'eftoient pas
loin ; & il n'eut pas fait mille
pas, qu'on les découvrit auprés
d'une Metairie , appellée , *le
Mas de Gaffarel* : Il donna ordre auffitoft au Lieutenant de
Poul, de les aller réconnoiftre
avec huit Dragons : ce Lieutenant y marcha, les obferva de
fort prés, vit une de leurs Troupes auprés de cette Metairie ;
il en découvrit une feconde qui
fortoit tambour battant d'une
maifon voifine, & il jugea qu'il
y en avoit une troifiéme cou-
chée fur le ventre auprés d'un
ruiffeau : il fe retira, avertit Mr.
de Broglie de ce qu'il venoit de
voir : Et fur le Confeil de guerre
qui fut tenu fur le champ, on

jugea que les Rebelles eftoient
en grand nombre ; mais , comme ces Scelerats n'avoient encore donné aucune marque de
vigueur, on les méprifa , & il
fut refolu de les attaquer : Poul ,
par un preffentiment peut-eftre
de ce qui lui devoit arriver,
n'eftoit point , dit-on , de cet
avis ; mais propofoit d'attendre
un renfort d'Infanterie , qu'on
pouvoit faire venir de Nîmes.
Mr. de Broglie , qui avoit fouvent veu les Fanatiques, fans pouvoir les joindre, & qui brûloit
d'impatience de les combattre,
craignit qu'ils ne lui échapaffent, comme ils avoient fait plufieurs fois , & ne put fe refou-
dre à perdre cette occafion : on
fondit fur eux ; mais, voyant le
peu de Troupes que nous avions,
en comparaifon des leurs , ils
nous attendirent de pied ferme ;

&, aprés avoir pouffé des cris horribles entremêlez de chants de Pfeaumes , ils firent grand feu fur nous un genoüil à terre: Poul, qui eftoit à la droite, les chargea brufquement le premier le fabre à la main ; il fut malheureufement tué d'un coup de fufil, qui le jetta mort par terre aux pieds de fon cheval : le Sr. de la Dourville , Capitaine de Dragons, qui les chargeoit à la gauche, y fut dangereufement bleffé. La mort de Poul, & la bleffure de cet Officier, donnerent de l'audace aux Rebelles, & ralentirent l'ardeur de nos Gens; ils commençoient à plier: Mr. de Broglie, & fon fils le Chevalier les rallierent , & les menerent par trois fois à la charge : on les obligea enfin à quitter leur pofte, & à fe jetter dans les bois

de St. Gile, où le peu de Monde que l'on avoit empêcha de
les pourſuivre. Ils perdirent en
cette occaſion une vingtaine des
leurs, & nous quatre Dragons
ſeulement ; mais la perte de
Poul, qui les avoit ſouvent battus, fut cauſe qu'on regarda cette action comme malheureuſe ;
en effet, c'eſtoit un Homme
actif, intrépide, infatigable,
plein de zéle, qui connoiſſoit
parfaitement le Païs, & ſervoit
trés-utilement. Mr. de Broglie
ſe retira à Bernis, où il atten-
dit un renfort d'Infanterie pour
ſe remettre en marche, & aller
à la pourſuite de ces Scelerats ;
mais, avant qu'il les puſt re-
joindre, ils abandonnerent la
plaine, & monterent dans le
Diocéſe d'Uſés, où, chemin
faiſant, ils brûlerent une Egliſe, & un petit Village, appellé,

Pouls : ils y égorgerent huit ou dix Catholiques , Hommes , Femmes & Enfans ; & l'on sçut aprés, qu'ils ne s'estoient atta-chez à le saccager, & à y exer-cer ces cruautez , qu'à cause qu'il portoit malheureusement un nom qui leur estoit redou-table.

Ce fut , à-peu-prés , en ce temps là , que Roland voulut surprendre Sauve, petite Ville du Diocése d'Alais, par un coup des plus hardis ; mais qui ne lui réussit point : Il sçavoit, que Mr. de Broglie envoyoit de tous cô-tez des Détachemens pour cou-rir sur les Rebelles , & que les Officiers de ces Détachemens n'estoient guere connus dans les Lieux où ils alloient, parcequ'ils estoient arrivez depuis peu dans la Province : il sçavoit aussi, que ni lui , ni les Gens de sa Troupe , n'estoient point connus à Sauve : Sur cela, il s'avisa d'y aller en plein jour , tambour battant, avec trois cens Hommes ; & de faire dire à la porte, qu'il marchoit pour chercher les Fanatiques : on le crut, & on le laissa entrer librement avec sa Troupe : Il ne fut pas plustost dedans, qu'il la mit en bataille dans les ruës , & demanda à parler au Seigneur du Lieu : on le mena , avec deux de ses Officiers qu'il prit avec lui, chez Mr. de Vibrac , il lui tint le même discours qu'il avoit tenu à la porte de la Ville : Ce Gentilhomme , qui en avoit déja esté averti , y ajoûta foy aisément : & même, comme , dans le temps que ces trois Brigands entrerent chez lui , il alloit se mettre à table , il les invita honnestement à dîner ; ils en avoient peut-estre assez besoin, ils ne se firent point prier : Madame de Sauve estoit du repas ; & , à peine fut-on assis, que, comme les Femmes ont plus de penetration, ou plus de méfiance que les Hommes, elle commença la premiere à soupçonner les Hôtes : bientost aprés, leurs manieres, leurs discours, & leurs ajustemens , si éloignez de la politesse & du bon air de nos Officiers , firent connoistre à tout le monde, qu'ils n'estoient pas ce qu'ils se vantoient d'estre, & découvrirent en même-temps ce qu'ils estoient veritablement : L'on commença à trembler du danger extréme où l'on estoit exposé ; il fallut cependant dissimuler ; ils estoient les maistres de la Ville ; & on ne sçavoit comment faire pour se delivrer de tels Hostes , lors-

qu'heureufement, les Domefti-
ques du logis eurent quelque
differend avec ceux de leurs
Soldats qui eftoient entrez dans
la baffe-cour, & qui, impatiens
de brider le mulet dans les ruës,
tandis que leurs Officiers eftoient
à table, vouloient qu'on les fit
repaître auffi : Le bruit qu'excita ce differend parvint aux
oreilles de ceux qui dînoient;
& Madame de Sauve prit de là
occafion de dire à Roland, qu'elle s'étonnoit du peu de refpect
que fes Gens avoient pour lui:
Roland, piqué d'honneur, voulut lui faire voir l'autorité qu'il
avoit fur eux, & fe leva de table pour aller appaifer ce defor-
dre, dans le deffein de revenir;
fes deux Compagnons le fuivi-
rent pour lui aider, & ceux du
logis en firent de même : mais
ces trois Brigands ne furent pas

pluftoft dehors, que ceux de la maifon rentrerent auffitoft, & fermerent promtement une porte de fer qu'il y a fur l'efcalier; ce qui les mit tous en fureté: Roland, qui fe vit reconnu, au defefpoir d'avoir manqué fon coup, & du tour qu'on lui avoit joüé, voulut rentrer de force; mais il trouva toutes les avenuës fi bien barricadées, & fi bien deffenduës, qu'il n'ofa le tenter: & alla décharger fa rage fur l'Eglife, qu'il fit brûler; fur un Capucin, & fur deux Preftres, qu'il fit égorger dans les ruës, & fortit de la Ville avec fa Troupe.

Il y auroit demeuré plus longtemps, & fait de plus grands ravages; mais il craignit, que s'il y faifoit un plus long féjour, il pourroit eftre furpris par quelques-uns de nos Détachemens,

qui battoient alors ſans ceſſe la
Campagne pour rencontrer ces
Scelerats.

Je ne dois pas oublier de rapporter ici la converſion remarquable que produiſit, quelques
jours apres, la mort de l'un de
ces deux Preſtres dont je viens
de parler : il s'appelloit Mazan,
& eſtoit d'une Famille noble du
Dioceſe de Ries en Provence ;
il eſtoit alors dans l'Abbaye des
Benedictins de Sauve, où il vi-
voit exemplairement ; il en eſtoit ſorti, par curioſité, comme
les autres, pour voir paſſer les
Troupes de Roland, qu'on croyoit eſtre des noſtres : Il fut pris ;
& , quand on lui eut declaré
qu'il falloit mourir, il demanda
un moment pour ſe recomman-
der à Dieu ; on le lui donna :
il fit ſa priere à haute voix ;
ſupplia le Seigneur de pardon-
ner

ner fa mort à celui qui avoit
efté nommé pour le maſſacrer,
& lui baiſa humblement la main :
Ce Malheureux fut pris, quelques jours aprés, par nos Troupes, & conduit à Montpellier,
où il fut condamné à la roüe :
il ſe convertit ſincerement avant
fa mort ; & déclara, que l'e-
xemple de douceur, & de pieté, que lui avoit donné ce faint
Preſtre, l'avoit d'abord touché,
& eſtoit la veritable cauſe de
fa converſion à l'Egliſe.

Au retour de Sauve, Roland
fut aſſez hardi, pour ſe trouver
avec fa Troupe, à un rendés-
vous qu'il avoit donné dans une
plaine, à cinq heures du ſoir,
à Mr. de la Haye Gouverneur
de St. Hipolite, par une lettre,
dans laquelle il avoit eu l'inſolence de le défier au combat,
& de lui marquer le lieu, l'heure,

C

& le nombre des Gens qu'il auroit avec lui ; mais le courage
de ſa Troupe ne répondit point
à la bravade du Chef : Mr. de
la Haye s'y rendit avec deux
cens Hommes ſeulement ; & attaqua ſi vivement les Fanatiques, qu'aprés une legere reſiſtance , il les contraignit de prendre la fuite , & de ſe ſauver dans
les bois du voiſinage , où on les
pourſuivit juſqu'à la nuit : la plûpart laiſſerent leurs armes ſur le
champ de bataille , avec tout ce
qu'ils avoient pillé dans la cour-
ſe qu'ils venoient de faire. Nous
n'y eumes que quelques Soldats
bleſſez : pluſieurs de ces Scelerats y furent tuez ou pris ; &
ils y furent ſeverement chatiez,
& de l'entrepriſe de Sauve, &
de l'audace d'avoir défié les
Troupes du Roy.

Cependant , les autres Troupes des Fanatiques ravageoient les quatre Diocéfes où elles s'é-toient répanduës : & quoiqu'il arrivaft alors des fecours de tous coftez, & qu'on les mift en action auffitoft qu'ils arrivoient, il eftoit impoffible d'empêcher ces defordres; parcequetous les Habitans des Cevenes fervoient d'Efpions à ces Scelerats, & ne furent jamais plus attentifs & plus diligens à les avertir des moindres mouvemens qu'on faifoit pour les furprendre. L'on éprouva alors, combien il eft difficile de réuffir contre des Furieux, à qui l'efprit de fanatifme fait méprifer les perils & les fatigues ; qui connoiffent parfaitement les Lieux ; qui font difperfez par tout par petites Bandes, & qui ont tout le Païs où l'on fait la guerre, à leur dévotion.

C ij

En effet, leurs Troupes eſtant continuellement averties de la marche des noſtres, avoient le temps de ſe retirer des Lieux où nous les allions chercher, & de tomber ſur ceux que nous venions de quitter : d'ailleurs, comme dans ces quatre Diocéſes, outre les Villes & les Villages, il y a un nombre infini de Hameaux & de petites Parroiſſes, ſituées dans les Bois & dans les Montagnes, dont ils ſçavoient les chemins les plus difficiles de jour & de nuit, pour les garantir toutes, il euſt fallu eſtre neceſſairement par tout ; & il eſt certain, que cent mille Hommes auroient à peine ſuffi, pour garder un Païs ſi vaſte, ſi difficile, & où tout eſtoit ennemi.

Mr. de Baſville, qui eſtoit parfaitement inſtruit depuis longtemps de toutes ces choſes, &

qui voyoit avec douleur la de-
folation du Païs, & l'impoffibi-
lité de remedier promptement à
de fi grands maux, quelques fecours qu'on lui puft envoyer, en
donnoit continuellement avis à
la Cour, fans lui rien cacher
des malheurs prefens, & des fui-
tes terribles que pouvoit avoir
cette revolte, fi elle fe répandoit dans le Vivarés & dans les
Païs voifins, qui fourmilloient
de Religionaires mal-intentionnez.

Ces chofes eftant enfin bien
connuës, defabuferent entierement ceux du Confeil du Roy,
qui avoient crû d'abord que le
foulevement des Cevenes n'étoit
qu'un feu de paille qui feroit
bientoft éteint, & juftifierent
auffi pleinement Mr. de Broglie
dans l'efprit de ceux qui l'accu-
foient alors de n'avoir pas agi

avec affez de vigueur pour l'é-
teindre : enfin, c'eft ce qui dé-
termina le Roy à envoyer en
Languedoc encore plus de Troupes que Mr. de Bafville n'en
avoit demandé, & à faire choix
de Mr. le Maréchal de Montrevel pour aller commander dans
la Province. Nous verrons bientoft dans quel temps il y arriva,
& ce qu'il y fit ; mais je dois
auparavant dire ici, ce que fe
pafla de plus remarquable dans
les Cevenes, tandis qu'il y eftoit attendu.

La plufpart des Regimens
d'Infanterie, de Cavalerie & de
Dragons que Mr. de Bafville
avoit demandez, eftoient déja
arrivez dans la Province : plufieurs autres que la Cour avoit
trouvé à propos d'y envoyer, y
eftoient attendus : Mr. de Broglie affembloit un Corps de

Troupes pour monter dans les
Hautes-Cevenes , qui eftoit le
Canton le plus dangereux : Mr.
de Julien pourfuivoit les Rebel-
les dans le Diocéfe d'Alais ; &
Mr. de Bafville eftoit à Ufés , où
il avoit fait affembler huit cens
Hommes.

On fit alors un projet qui fut
executé , & qui auroit infaillible-
ment réuffi , fi les Habitans du
Païs n'en avoient auffitoft averti
les Revoltez. On avoit eu avis ,
qu'ils eftoient à St. Jean de Serargues , au nombre de plus de
huit cent : Il fut refolu de les
aller chercher , de les fuivre fans
relâche , & de ne point ceffer
de les pourfuivre qu'on ne les
euft joints : Mr. de Julien marcha d'un cofté , avec deux Bataillons du Regiment de Haynaut : Mr. de Broglie s'avança
d'un autre , avec deux Compa-

gnies de Dragons & un Corps
de Fufiliers ; & Mr. de Tournon Brigadier des Armées du
Roy, qui eftoit venu dans les
Cevenes avec fon Regiment, fe
mit à la tefte des huit cens Hommes qui avoient efté affemblez
à Ufés, & alla droit au Lieu où
l'on croyoit trouver les Fanatiques : Mr. de Bafville voulut
eftre de cette expedition, & accompagna Mr. de Tournon. On
fit toute la diligence poffible ;
mais, quand on fut arrivé à St.
Jean de Serargues, on fut furpris de n'y trouver perfonne,
& d'apprendre que ceux qu'on
cherchoit eftoient allez du côté de Riviere, où ils avoient
bruflé les Villages de Salendres
& de Ceyras : Mr. de Julien courut auffitoft de ce cofté-là ; Mr.
de Broglie à Vendras, pour tâcher de les couper, & Mr. de

Tournon prit une autre route pour les enveloper. On avoit fait porter des vivres : on les suivit sans discontinuation pendant quatre jours & quatre nuits ; mais, quand on eut bien couru aprés eux , au moment qu'on croyoit les tenir, ils disparurent tout-d'un-coup , sans qu'on pust découvrir ce qu'ils estoient dévenus. L'on sçut aprés , que s'étant sentis vivement pressez , ils s'estoient separez par Pelotons, & s'estoient allez perdre dans les Bois de Verfeüil , où il fut impossible de les trouver , quelque exacte recherche qu'on y pust faire, en foüillant de tous costez les Cavernes , & les endroits les plus épais & les plus impraticables.

Mr. de Basville , qui avoit souvent oüi dire qu'il estoit trés-difficile de les pouvoir joindre,

C v

& qui avoit peut-estre crû jusqu'alors que c'estoit la faute
de ceux qui les pourfuivoient,
éprouva par lui-même, dans
cette longue & continuelle course, que ce qu'on lui avoit dit
estoit veritable; & qu'il est presque impossible dans un Païs de
bois & de montagnes, de rencontrer des Gens qui ont les
Habitans pour eux, & qui se
dissipent aussitost qu'ils font pressez de trop prés.

Tant il est vrai, qu'on fait
quelque fois des jugemens teme-
raires, quand on parle des choses que l'on ne sçait qu'impar-
faitement; & que de loin on
blâme souvent des actions, qu'on
loüeroit peut-estre, si l'on avoit
esté sur les Lieux où elles se font
passées.

Un peu avant cette course de
nos Troupes, les Fanatiques fi-

rent une tentative pour entrer
dans le Vivarés. Aprés avoir
bruflé les Eglifes de Salvas, Sam-
fon, Labaume, & St. Auban, ils
fe prefenterent à la riviere d'Ardeche pour la paffer, & fe jetter dans un Païs difpofé à les
recevoir : mais, ayant trouvé des
Compagnies de Fufiliers, qu'on
y avoit mis pour en garder le
paffage, ils furent obligez de revenir du cofté de Monclus &
de Rochegude, où tandis que
Mr. de Julien les fuivoit, une
autre de leurs Troupes avertie
de ce mouvement, prit ce tems-
là pour aller attaquer le pofte
de Genoüillac : Le Sr. de La-
periere, Capitaine d'Infanterie
de la Garnifon du Fort d'Alais,
y avoit efté mis pour le deffendre : il foûtint leur attaque avec
beaucoup de conduite & de vigueur, & aprés en avoir tué plu-

fieurs , il les en chaffa ; mais malheureufement il y fut tué lui-même : C'eftoit un Nouveau-Converti , homme d'efprit & de cœur, qui feryoit avec zéle , & qui fut extrémement regreté.

Il arriva alors à Bagnols un cas extraordinaire , & qui fut le premier éclat de la haine qui commença à s'allumer entre les Anciens-Catholiques & les Nouveaux-Convertis : Un de ces premiers , appellé *Bonhomme* , courut dans la Place de cette Ville ; & ayant rencontré un de ces derniers , nommé *Rouffely* , il lui tira un coup de piftolet , dont il le bleffa mortellement , en criant, qu'il falloit faire main baffe fur tous les Religionaires qui faifoient tant de cruautez.

Mr. de Bafville , qui fut auffi-toft averti de cette méchante action, & qui prévit dés-lors les suites fâcheuses qu'elle pouvoit avoir, & qu'elle eut effective-ment, comme nous le verrons bientoſt, fit arreſter cet Aſſaſ-ſin, ordonna au Prévoſt de lui faire ſon Procés : & pour évi-ter qu'il ne ſe formaſt deux Par-tis, qui pourroient donner de la peine, fit déclarer & publier par tout, que tous les Nou-veaux-Convertis qui feroient foumis & fidéles au Roy, n'au-roient pas moins de protection que les Anciens-Catholiques.

Outre cette précaution, pour oſter aux Rebelles le moyen d'a-voir de la poudre, Mr. de Baſ-ville s'aviſa de faire acheter tou-te celle qui ſe faifoit dans le Comtat d'Avignon & dans la Principauté d'Orange, d'où il découvrit qu'on leur en envo-yoit fecretement : Et parcequ'il

apprit auſſi que, quoique les paſſages du Rhône & les autres
fuſſent ſoigneuſement gardez,
pluſieurs Bandits trouvoient le
moyen de ſe jetter dans les Cevenes, il fit afficher & publier,
dans toutes les Villes & Bourgs
de la Province, une Ordonnance, qui portoit deffenſes de recevoir & de laiſſer paſſer aucuns
Etrangers, ſans Paſſeport, ou
Certificat legaliſé des Juges des
Lieux de leur départ; & décla-
roit, que tous Vagabonds &
Gens ſans aveu, feroient traitez
comme Rebelles aux Ordres du
Roy: Il écrivit même en Cour,
pour demander le pouvoir de
les faire pendre ſans aucune forme de Procés : ce qui lui fut
accordé, & fit un trés-bon effet
dans la conjonĉture violente où
l'on eſtoit; car il en venoit en
ce temps-là de toutes parts qui

alloient fe joindre aux Rebelles, & l'on en arrefta alors plufieurs qui furent punis ; ce qui en em-pêcha fans-doute d'entrer une infinité d'autres qui avoient le même deffein.

Cependant, quoique les Fa-natiques parcouruffent les qua-tre Diocéfes dont nous avons parlé, bruflant les Eglifes & maffacrant les Catholiques, fans qu'on puft les en empêcher ni tomber fur eux, par les raifons que nous avons déja dites, ils ne laiffoient pas neanmoins d'ê-tre terriblement fatiguez, par les mouvemens continuels où il falloit qu'ils fuffent, pour éviter les Détachemens de nos Trou-pes, qui les cherchoient & les fuivoient fans relâche.

Cette fatigue continuelle où ils fe trouverent dans les Ceve-nes, & à laquelle ils ne peurent

enfin reſiſter, les força à reprendre le deſſein qu'ils avoient déja eu, & les fit reſoudre à tout
hazarder pour entrer dans le
Vivarés, comme dans un Païs
où ils pourroient exercer leur
fureur avec plus de tranquillité :
cependant, ils ne peurent encore réuſſir dans leur entrepriſe,
quoique par l'imprudence d'un
de nos Officiers, elle euſt d'a-
bord un ſuccés heureux pour
eux; mais qui fut bientoſt ſuivi
de leur entiere défaite, comme
nous le verrons tout-à-l'heure.

Deux de leurs Troupes s'é-
toient jointes enſemble pour cette expedition, & formoient un
Corps de plus de huit cens Hommes, parmi leſquels il y avoit
quelque Cavalerie, & des Mulets qui portoient leur bagage.
St. Jean, homme de neant, mais
inſigne Scelerat, originaire des

Bouttieres, les commandoit, & vouloit les conduire dans fon Païs, pour y faire les mêmes ravages que dans celui qu'il eſtoit forcé d'abandonner; & peut-eſtre auſſi, pour faire voir à ſes Compatriotes le rang où il s'é-toit élevé : Il avoit autrefois ſer-vi dans les Troupes du Roy, dont il avoit deſerté ; & par cet-te raiſon, Cavalier qui avoit joint ſa Troupe à la ſienne, lui dé-feroit encore l'honneur du Com-mandement, & s'inſtruiſoit mê-me ſous lui dans le Métier de la guerre : mais, avant que je raconte le ſuccés de cette entre-priſe, je dois dire ici, quel hom-me eſtoit ce nouveau Diſciple, qui s'éleva bientoſt aprés au-deſ-ſus de ſon Maiſtre, & fit tant parler de lui dans la ſuite.

Cavalier eſtoit fils d'un Paï-ſan du voiſinage d'Alais : dans

son enfance il garda les cochons
au Village de Ribaute : il fut
enfuite à Vezenobre, ce qu'en
langage du Païs on appelle *Pitot*,
c'eft-à-dire Valet de Berger ; &
puis Garçon Boulanger à Andufe : Lorfque les troubles des
Cevenes commencerent il eftoit
à Geneve, où il s'eftoit refugié
pour crimes ; là, ayant oüi parler du foulevement de fon Païs,
il y revint pour fe joindre aux
Revoltez : il commença à paroiftre à l'Affemblée d'Aygue-
Vive, dont nous avons déja parlé ; & comme le grand nombre
de Fanatiques qui prirent les armes en ce temps-là , leur donna occafion de former diverfes
Troupes , il fut choifi pour en
commander une.

C'étoit un jeune-homme d'environ vingt-quatre ans , de petite taille , robufte , infatigable,

hardi, & affez bien fait de fa perfonne, en comparaifon des autres Chefs qui eftoient tous de méchante mine : Le Fana-tifme, qui lui faifoit affronter fans crainte les plus grands pe-rils, lui tenoit lieu de valeur ; & parcequ'il avoit l'efprit un peu moins gâté que les autres par les vifions prophetiques, il paf-foit parmi eux pour homme d'ef-prit & de jugement : il eft vrai qu'il parloit & écrivoit un peu moins groffierement que fes Con-freres, & qu'il agiffoit auffi avec un peu plus de conduite dans toutes fes entreprifes ; c'eft ce qui le mit en grande reputation parmi eux, & porta enfin les Fa-natiques à le reconnoiftre quel-que temps aprés pour leur Ge-neral, à lui donner des Gardes, & un pouvoir abfolu fur toutes leurs Troupes ; tant il eft vrai,

que parmi les Scelerats même,
comme parmi les Gens de vertu,
il y a une eſpece de merite qui
donne de la diſtinction, & qui
éleve les uns par-deſſus les autres.

Cette petite Armée de Fu-
rieux, marchant donc à la lueur
des flammes des Egliſes, laiſſant
par tout des traces de ſang, &
ſaccageant tout ce qu'elle trouvoit ſur ſon paſſage, aprés avoir
bruſlé le Chaſteau du Marquis
de Chambonas, pluſieurs Maiſons de campagne, & les Villages de Groupieres, de Riviere
& de Samſon, tenoit la route
du Vivarés, & s'approchoit de
la riviere de Ceze.

Cependant, quoique ces Revoltez marchaſſent en ſureté,
par les avis qu'ils recevoient ſans-
ceſſe des Habitans du Païs, &
que Mr. de Julien, trompé par
ces mêmes Habitans, les cher-

chaſt ſans pouvoir les rencontrer, ils ne laiſſerent pas neanmoins de trouver de la reſiſtance en quelques Lieux.

C'eſt ce qu'ils éprouverent au
Chaſteau du Baron de Verfeüil,
Nouveau-Converti : il y fut attaqué vivement, n'ayant que peu
de Gens avec lui ; mais il ſe dé-
fendit ſi bien, & avec tant de
vigueur, que le Chef de ces
Bandits, deſeſperant de le pouvoir forcer, lui cria qu'il feroit
retirer ſa Troupe, s'il vouloit
lui rendre les armes qu'il avoit
dans ſa Maiſon : il lui répondit,
que ces armes avoient eſté faites
pour le ſervice du Roy, & qu'elles
ne ſortiroient jamais de ſes mains
pour autre uſage ; & cette ré-
ponſe genereuſe fut en même-
temps accompagnée de pluſieurs
coups de fuſils, qui obligerent
les Fanatiques à abandonner

leur entreprise.

Ils trouverent aussi quelque resistance du costé de Virac; mais elle fut fatale à ceux qui la firent ; car ces Enragez y prirent six Anciens-Catholiques, & les bruslerent avec l'Eglise du Lieu , dans laquelle ils les tenoient enfermez tandis qu'ils y mettoient le feu.

Aprés cette barbare expedition ils allerent saccager le Village de Vagnas, où ils bruslerent l'Eglise & plusieurs Maisons , égorgerent le Curé & deux Anciens-Catholiques. Le Comte du Roure , l'un des Lieutenans Generaux du Languedoc, estoit pour lors à Barjac; il y apprit ces ravages, & que cette Troupe redoutable de Meurtriers & d'Incendiaires, s'approchoit du Lieu où il faisoit son sejour : Il avoit assem-

blé les Gentilshommes du voifinage & quelque Milice : mais
ayant efté averti du grand nombre des Fanatiques, & que leur
deffein eftoit de paffer la riviere
d'Ardeche, il crut qu'il pourroit les en empêcher, fi le Sr.
de Jouviac, qui commandoit
quatre Compagnies de Fufiliers
de la Province, fe joignoit à lui ;
il lui envoya de marcher en diligence. Cet Officier qui gardoit le paffage de cette Riviere
du cofté du Vivarés, & à qui
Mr. de Broglie avoit donné ordre de ne point quitter fon pofte,
emporté par l'ardeur de combattre, l'abandonna imprudemment, paffa l'Ardeche, & alla
fe joindre à la petite Troupe que
le Comte du Roure avoit affemblée. On marcha droit aux Rebelles ; ils eftoient auprés d'un
Hameau à l'entrée des Bois de

Vagnas: on ne les eut pas plû-
toſt apperceus qu'on reſolut de
les attaquer: Ces Bandits ayant
veu venir de loin nos Gens,
mirent le gros des leurs en em-
buſcade dans le Bois, & ne ſe
preſenterent qu'en petit nombre: on fondit ſur ceux-ci; ils
lâcherent le pied, & attirerent
ceux qui les pourſuivoient au
milieu de leur Troupe, qui eſtoit alors de plus de douze cens
Hommes: ils firent un feu terrible, ſans qu'on puſt les joindre, ni preſque les voir; nos
Milices épouvantées ne peurent
le ſoûtenir, & ſe débanderent:
Les Officiers & les Gentilshommes qui eſtoient à leur teſte,
eurent beau les exhorter, &
leur donner bon exemple, il
leur fut impoſſible de les obliger à faire ferme, & à tirer un
ſeul coup de fuſil. Le Baron de
la

la Gorce, le Sr. de Remolet, le Sr. Defpignoux Capitaine de Fufiliers, & quelques-uns de nos Soldats qui les foûtenoient, furent tuez fur la place, & les autres fe fauverent comme ils purent.

Le Comte du Roure envoya auffitoft donner avis de cet échec à Mr. de Julien, & l'avertit du Lieu où il pourroit encore trouver les Rebelles, s'il fe haftoit d'y aller. Il eftoit alors à Luffan; il partit en même-temps; marcha toute la nuit, quoiqu'il y euft un pied de neige; paffa par St. Jean des Annels, & fe rendit à Barjac au point du jour: Il avoit avec lui un Bataillon du Regiment de Haynaut, le Regiment de Tournon, & deux cent cinquante Hommes des Troupes de la Marine, que Mr. de Bafville lui avoit envoyé. Les

D

Fanatiques eſtoient encore auprés des Bois de Vagnas : ils
avoient eſté avertis par les Habitans du Païs, de la marche
de Mr. de Julien ; mais ils eſtoient ſi fiers de l'avantage qu'ils
avoient remporté le jour precedent, qu'ils ne prirent aucune
précaution pour l'éviter, & attendirent de pied ferme les Troupes du Roy à l'entrée du Bois,
où ils ſe mirent en bataille. On
ne les eut pas pluſtoſt découverts qu'on marcha droit à eux :
on eſſuya leur feu de fort prés ;
ils ſoûtinrent le noſtre avec aſſez
de fermeté : mais, quand ils virent que les Grenadiers fondoient ſur eux la bayonete au
bout du fuſil, cette maniere de
combattre les étonna : ils plie-
rent, prirent la fuite, & ſe ſauverent en deſordre dans les Bois ;
la plûpart, pour fuir avec plus

de viteſſe, jetterent leurs armes :
On les pourſuivit vivement pendant plus d'une lieuë ; nos Soldats les ſuivoient à la piſte ſur
la neige, comme on ſuit les Bê-
tes à la chaſſe. Il en demeura
ſur la place plus de trois cent ;
preſque autant furent tuez dans
la pourſuite : On prit tout leur
bagage, leurs Mulets, la plûpart de leurs Chevaux, ſept
caiſſes de tambour, & preſque
toutes leurs armes. Nous n'y eumes que deux Grenadiers tuez,
& quelques Soldats bleſſez : Enfin, cette Troupe qui avoit fait
tant de maux, & qui avoit de
ſi grands deſſeins, fut taillée en
pieces, & paya cherement la
perte que nous avions faite au
dernier combat.

Aprés cette déroute les Fanatiques ne furent plus en eſtat
de ſonger à penetrer dans le

Vivarés : Les miſerables reſtes
de cette Troupe, réduits à deux
ou trois cent, la plûpart ſans
armes, repaſſerent à gué, en
differents endroits, la riviere de
Ceze, & ſe rejetterent dans le
Diocéſe d'Uſés, où Mr. de Julien les alla chercher inutilement ; car, ils n'y furent pas
pluſtoſt arrivez, qu'ils ſe diſper-
ſerent d'un coſté & d'autre, &
eſtant rentrez dans leurs Chau-
mieres, ils reprirent tranquillement leur travail ordinaire : enſorte qu'il fut impoſſible de les
reconnoiſtre, & de les diſtin-
guer des autres qui n'avoient pas
quitté leurs Maiſons.

Je n'ai point parlé des Priſonniers que l'on fit en cette occaſion, parceque ces Enragez
ne demandoient aucun quartier,
& que nos Soldats, pour vanger la mort de ceux qu'ils avoient

tuez le jour precedent, n'étoient guere portez à leur en accorder : On en prit cependant une vingtaine dans la pourfuite, qui furent conduits dans les Prifons du St. Efprit, d'Ufés & de Nîmes, aufquels on fit enfuite le Procés : & le jour même de l'action, on en avoit arrefté auffi plufieurs ; mais Mr. de Julien, qui vouloit fuivre les autres, & n'eftre pas embarraffé de les faire garder, leur fit caffer la tefte, aprés avoir effayé inutilement de les faire parler, pour en tirer des éclairciffemens qui puffent fervir à l'execution de fes deffeins.

Tandis que Mr. de Julien pourfuivoit ceux qui eftoient échapez de la défaite de cette Troupe, Joanny avec la fienne, prit ce temps-là pour retourner à Genoüillac : il y avoit échoüé quelques jours auparavant, ainfi que nous l'avons déja raconté, mais il y revint alors en ſi grand nombre, qu'il fut impoſſible à la Garniſon, qui n'eſtoit que de ſoixante Hommes, de lui reſiſter. Ces Furieux mirent d'abord le feu aux Maiſons voiſines des Caſernes, dont ils ſe rendirent aiſément les maiſtres, par l'intelligence de la plûpart des Habitans du Lieu, qui eſtoient à leur dévotion : L'Officier qui y commandoit, preſſé par les flammes qui l'environnoient de tous coſtez, fut obligé de ſortir avec ſes Gens ; mais il fut auſſitoſt accablé par la multitude des Fanatiques, & tué avec cinquante de ſes Soldats, par les coups de fuſil qu'on leur tiroit des fenêtres de tous coſtez : ſon Lieutenant ſeulement ſe garantit comme il put, avec huit ou dix des ſiens, qui ſe firent jour à coups d'épées.

On ne fçauroit exprimer l'infolence de ces Scelerats, quand ils fe virent les maiftres de Genoüillac : ils bruflerent d'abord l'Eglife, le Convent des Dominicains, les Maifons des Anciens-Catholiques, & fe logerent par billets chez leurs Freres les Habitans du Lieu ; ils firent tapiffer la Chambre où leurs Prédicans faifoient jour & nuit l'exercice du Fanatifme ; ils y préchoient, baptifoient, marioient & démarioient ceux qu'il leur plaifoit, fur les foles infpirations de leurs Propheres. De là, fe voyant délivrez de la Garnifon qui les avoit contenus jufqu'alors, ils fe répandirent, comme un torrent qui a rompu fes digues, dans le Valon de Chamberigaut : Tous les Catholiques qui fe trouverent fur leur paffage, furent maffacrez : quarante Mulets chargez

D iv

de provisions de Carême qu'ils
rencontrerent, furent volez ; &
cette proye, qui devoit les sa-
tisfaire, ne put garantir de leurs
mains barbares, huit pauvres
Muletiers qui les conduisoient,
ils les égorgerent impitoyablement.

Aprés cette cruelle expedition il se jetterent dans Chamberigaut ; & tandis que les flammes y réduisoient en cendres
l'Eglise & les Maisons des Catholiques, que le sang couloit
dans les ruës, & que tout le
Lieu retentissoit de cris lamentables, ces Monstres apperçurent une Femme qui se sauvoit
à travers les champs, avec cinq
petits Enfans qui avoient de la
peine à suivre leur Mere : ils
la poursuivirent, l'atteignirent
bientoft, & ayant ramassé autour d'elle ces pauvres Innocens,

en pleurs, ils les martyriſerent à ſes yeux ; & aprés lui avoir fait ſouffrir cet horrible ſpectacle, ils la maſſacrerent la derniere, & les jetterent tous ſix dans un bucher allumé, où ils les bruſlerent, demi morts, demi vivans.

Ce fut alors que la patience échapa enfin aux Anciens-Catholiques de ce malheureuxPaïs, & que l'éclat de leur haine, que Mr. de Baſville avoit prévû lors de l'affaire d'Uſés dont nous avons parlé, eut ſon libre cours. Quoiqu'ils ne fuſſent qu'une poignée de Gens en comparaiſon des Nouveaux-Convertis, ils formerent entr'eux, de divers Villages, une Troupe de quatre ou cinq cent ; ſe mirent aux Champs ; allerent bruſler à la Campagne pluſieurs Maiſons des Religionaires, & en tuerent

D v

quelques - uns.

Veritablement, ce qu'ils en-
treprirent estoit contre les Loix
de l'Estat, qui ne permettent
point aux Particuliers de prendre les armes sans la permission
du Roy ; & contre les Preceptes
de l'Evangile , qui deffendent
aux Chrestiens de se vanger eux-
mêmes : Et ils auroient sans
doute beaucoup mieux fait, de
laisser agir ceux qui avoient en
main l'autorité legitime, pour les
délivrer & les vanger des maux
ausquels ils estoient exposez :
mais, leurs Eglises par tout brû-
lées ; leurs Curez massacrez ;
leurs Familles saccagées ; l'im-
possibilité même qu'il y avoit à
les pouvoir garantir, avec le peu
de Troupes que l'on avoit pour
contenir un Païs vaste, affreux,
& où l'on comptoit plus de quarante mille Hommes, qui pré-

noient & quittoient les armes quand ils vouloient ; enfin, toutes ces chofes enfemble, firent que l'on excufa leur foulevement : L'on crut même qu'il pourroit fervir à la réduction des Rebelles ; & on jugea à propos de leur permettre de fe joindre aux Troupes du Roy, & de courir fur les Fanatiques quand l'occafion s'en prefenteroit ; afin qu'ils puffent continuer fans crime, ce qu'un premier mouvement de defefpoir & de vangeance, leur avoit fait d'abord entreprendre contre les Loix de l'Eftat & de la Religion.

Fin du premier Livre.

D vj

HISTOIRE
DU FANATISME
DE NOSTRE TEMPS.

LIVRE SECOND.

Es choſes eſtoient en l'é-
tat que l'on vient de voir,
lorſque Mr. le Maréchal
de Montrevel arriva dans la Province ; il ſe rendit à Nîmes le
15. de Février de l'année 1703.
avec une Eſcorte de Cavalerie
que Mr. de Baſville lui avoit en-
voyée au St. Eſprit : En ce même temps arriverent auſſi les ſix
cent Miquelets du Rouſſillon
qu'on attendoit , & le Regi-

ment de Dragons de Fimarcon.

Mr. de Julien qui eſtoit dans le Païs depuis quelque temps, & Mr. de Parate Maréchal de Camp, qui venoit d'eſtre nommé par la Cour pour ſervir ſous Mr. de Montrevel, ſe rendirent auprés de lui, pour former enſemble le plan de ce qu'il y avoit à faire ; avec le conſeil de Mr. de Baſville, qui, par une longue experience, connoiſſoit mieux que perſonne, & les Cevenes, & le genie de ſes Habitans.

Cependant, comme ſi toutes les Troupes des Fanatiques s'étoient données le mot de ſignaler leur fureur à l'arrivée de ce Commandant, on ne vit jamais tant de ravages que dans les deux ou trois jours qui furent employez à déliberer ſur la conduite qu'on devoit tenir pour la réduction de ces Furieux.

Dans le Gevaudan, la Troupe de Roland arreſta ſur les
grands chemins les Meſſagers
publics : ſe ſaiſit des Paquets
qu'ils portoient : vola les remiſes
d'argent dont ils eſtoient chargez ; & ce Bandit, aprés avoir
eu l'inſolence de lire & de brûler toutes les Lettres qui s'adreſ-
ſoient aux principaux Habitans
de la Province, & de déchirer
celles des Eccleſiaſtiques, renvoya les Porteurs avec les autres, ſans leur faire autre mal
que de leur deffendre, ſur peine
de la vie, de ſe plus meſler de
cet emploi : mais, ce fut un mouvement d'humanité qu'il ne garda pas long-temps ; car le lendemain, ayant rencontré quatre Muletiers auprés de Pompidou, il en fit pendre trois en
ſa preſence ; & fit grace au quatriéme, à cauſe qu'il portoit

quelques bouteilles de Vin muf-
cat, qui adoucirent à son égard
la cruauté de son Juge.

D'un autre costé, la Troupe
de Castanet, qui avoit pour
Lieutenant le cruel *La Rose*,
faccagea Vebron, pilla les Habitans, brusla leur Eglise, la
Maison de leur Curé; & enga-
gea Mr. de Salgas, Gentilhomme du voisinage, à assister aux
Assemblées qu'il y fit, & à entrer dans leur revolte : ce qui
le perdit enfin, comme nous le
verrons dans la suite.

Une autre Bande de ces Scelerats, conduite par St. Jean,
brusla prés de Ganges, l'Eglise
de Gorniés, & massacra quelques Catholiques. Mais, les deux
Troupes qui firent alors le plus
de ravages, furent celle de Cavalier, & une autre qui estoit
du costé d'Usés; car, en moins

de deux jours, elles bruflerent
prés de foixante Eglifes, & plus
de cent Maifons en differents
Lieux; & y firent perir, par le
fer, par le feu, & par les plus
cruels tourmens, plus de cent
cinquante Perfonnes, parmi lefquelles on compta des Femmes
enceintes, des Enfans à la mam-
melle, ou fortant des ventres de
leurs Meres, contre lefquels ces
Barbares s'acharnoient principalement, par les ordres de leurs
cruels Prophetes, qui, abufant
de quelques Paffages mal en-
tendus de l'Ecriture Sainte, croyoient fuivre les infpirations du
St. Efprit, & ne voyoient pas
que le Démon feul eftoit capable de leur infpirer des crimes
fi horribles.

Dans le temps que les Fanatiques, qui fembloient avoir efté
déchainez de tous coftez à l'ar-

rivée de Mr. le Maréchal de
Montrevel, faisoient ces épou-
ventables ravages, il arriva un
cruel malheur à un Détachement de quarante Hommes du
Regiment de la Fare, qui revenoit de l'expedition que Mr.
de Julien avoit faite prés de Barjac, & s'en retournoit dans son
Quartier. Ce Détachement, conduit par le Sr. de Chenevert Capitaine, passa à Marüels, Lieu
suspect, & rempli de Revoltez;
cet Officier n'eut pas la prudence de prendre les précautions
necessaires, pour garantir sa
Troupe dans un passage si dangereux; elle fut surprise, enve-
lopée, & attaquée de tous côtez par un si grand nombre de
ces Scelerats, que sans se pouvoir deffendre, il y fut malheureusement tué, avec ses deux
Lieutenans, & presque tous ses

Soldats : Ce Lieu coupable, &
qui avoit efté la caufe de ce
malheur, fut bruflé quelques
jours aprés par les Troupes du
Roy, qui eurent ordre de le
détruire, & de lui faire fouffrir
le chaftiment qu'il avoit bien
merité.

Mr. le Maréchal, qui com-
mençoit alors à s'inftruire auprés de Mr. de Bafville des affaires de la Province, pour former le plan de ce qu'il avoit à
faire, fut extrémement furpris
d'apprendre de tous coftez les
triftes nouvelles de tant de ravages : Et voyant bien qu'il falloit
ceffer de déliberer pour commencer à agir, il envoya auffitoft Mr. de Julien & Mr. de
Marfily à Genoüillac, dont les
Revoltez s'eftoient remis en pof-
feffion, aprés en avoir efté chaffez une feconde fois : il fit partir

aussi en même-temps Mr. de la Jonquiere, avec les Troupes de la Marine qu'il commandoit, pour aller du costé de St. Mamet; & il se hasta de partir lui-même, avec le Regiment de Dragons de Fimarcon, & quelque peu d'Infanterie, pour aller cher. cher deux grosses Troupes de ces Furieux, qui s'estoient join. tes ensemble, & avoient eu l'au. dace de s'approcher de la Calmette, Village à deux lieuës de Nîmes, comme pour le défier de plus prés au combat.

Il marcha avec tant de diligence, & prit si bien ses mesures, pour empêcher que les Revoltez ne fussent avertis de son dessein, qu'il les surprit à trois heures aprés midi, & les fit attaquer brusquement. Comme ils estoient plus de quinze cent, ils se presenterent en bon ordre;

attendirent de pied ferme nos Troupes, & firent leur décharge en Gens de guerre : lors même qu'ils eurent efté rompus par les Dragons, qui les firent d'abord plier, & les enfoncerent, ils fe rallierent ; revinrent par deux fois à la charge avec fureur ; fe meflerent avec nos Soldats, & combattirent en defefperez : ils ne peurent pourtant fouftenir long-temps l'ardeur avec laquelle Mr. le Maréchal les fit charger de tous coftez, & prirent enfin la fuite. Il en demeura plus de deux cent fur la place, parmi lefquels on reconnut un de leurs plus fameux Prophetes, & une jeune Prophetefle : plufieurs autres furent tuez dans la pourfuite, ou allerent mourir de leurs bleflures dans les Cavernes des Bois, où ils furent trouvez quelques jours

aprés : On y fit peu de Prifonniers, parcequ'à leur ordinaire,
ils ne demandoient point de
quartier ; mais , on trouva le
Champ de bataille couvert de
fufils & des armes, qu'ils avoient
jettées pour mieux fuir. Nous
n'y eumes qu'un feul Dragon
tué , un Officier & quelques
Soldats bleffez : Enfin, ces deux
Troupes , qui avoient fait des
maux infinis, furent taillées en
pieces ; & ce qui échapa à la
fureur du Soldat, s'alla perdre
en divers Lieux des Cevênes,
ou joindre aux autres Bandes
de ces Scelerats.

Je n'ai point dit, par qui ces
deux Troupes de Fanatiques eftoient commandées , parceque
les Mémoires fur lefquels j'écris
cette Hiftoire, ne me l'appré-
nent point , & que je me fuis
propofé de ne rien mettre en

avant dont je ne sois assuré. L'on a pourtant crû, que ce fut par St. Jean, & par Cavalier : La nouvelle se répandit même d'abord, que ce dernier y avoit esté tué ; mais, on sçut bientost aprés, que ce n'estoit qu'un faux bruit, puisqu'il reparut ensuite, & fit plus de maux qu'auparavant.

La nouvelle de cette déroute ayant esté portée à Roland & à Castanet, qui estoient chacun à la teste d'une Bande de sept ou huit cent Fanatiques, au lieu de profiter de l'exemple de ceux qu'on venoit de punir, ils assemblerent au contraire promptement leurs forces, & resolurent de se vanger de cette perte sur les Anciens-Catholiques ; car, c'est ainsi que l'esprit de ces Enragez estoit tourné, que bien loin de rentrer dans leur devoir,

& de se rendre sages par le malheur des autres, ils en devenoient plus furieux : ensorte, que ce qui devoit naturellement servir à éteindre cet embrasement, ne faisoit que l'allumer davantage ; & que pour quelques Testes que l'on coupoit à cet Hydre, il en renaissoit aussitost plusieurs autres.

Ces deux Brigands estoient alors dans le fonds du Gevaudan, où l'on n'avoit pû encore envoyer du secours : ils partirent, l'un du Pompidou, l'autre de Cassagnas, & se rendirent à Vebron, où ils joignirent leurs Troupes, & les logerent par billets chez les Habitans : ils avoient fait dessein d'aller fondre sur Fraissinet de Fourques, Village peuplé d'Anciens-Catholiques, & ils s'y rendirent le 22. de Février à dix heures du matin.

matin. Les Habitans de ce Lieu, qui avoient esté avertis de leur approche, & avoient vû former l'orage qui s'élevoit autour d'eux, s'estoient armez; & tous ceux qui avoient des fusils s'étoient retranchez dans deux Maisons qui leur servoient de Corps-de-garde. Les Fanatiques les y investirent, & les sommerent, de la part de Dieu, disoient-ils, de rendre leurs armes: ils crurent se pouvoir défendre, & leur répondirent à coups de fusils. Les Fanatiques les attaquerent de tous costez pour les forcer; ils furent repoussez par tout vigoureusement, & une vingtaine des leurs y furent d'abord tuez: Cette resistance & cette perte les mit en fureur; & voyant que leurs armes ne les servoient pas à leur gré, ils laisserent ces deux

E

Maiſons, qu'ils ne purent jamais
forcer, & mirent le feu à toutes
les autres, qui, dans un moment, devinrent la proye des
flammes. Alors ce ne furent que
cris, que tuerie, que carnage
dans ce malheureux Village : On
y voyoit les Familles entieres,
ſortant éplorées de leurs Maiſons pour ſe garantir de l'embraſement : les unes, ſe ſauvoient
à travers les Champs, & s'alloient refugier dans les Bois ; les
autres, plus malheureuſes, tom-
boient entre les mains de ces
Barbares, qui les égorgeoient
impitoyablement. Plus de quarante Perſonnes, Hommes, Femmes, Enfans, Vieillards, y perirent de divers genres de mort,
que la rage faiſoit inventer à ces
Démons : & dont je croi ne devoir pas rapporter ici le détail,
quoique les Mémoires ſur leſ-

quels j'écris en soient chargez ;
afin de ne point presenter à ceux
qui liront cet Ecrit, des Images
qui leur feroient horreur.

Ceux des Habitans qui s'é-
toient enfermez dans les deux
Maisons dont nous avons parlé,
n'en sortirent que sur le soir,
aprés que les Fanatiques se furent retirez : Ils avoient vû du
lieu où ils estoient, les flammes
qui réduisoient en cendres leurs
habitations ; & ils avoient oüi
les cris lamentables de leurs Femmes & de leurs Enfans, qu'ils
n'avoient pû secourir. On ne
sçauroit exprimer, ni la douleur
qu'ils ressentirent, ni l'effroya-
ble spectacle qui se presenta à
leurs yeux : de quelque costé
qu'ils portassent leurs regards,
ce n'estoient que Cadavres dé-
figurez & méconnoissables, dont
le sang couloit encore de toutes

parts, fur les ruines fumantes de
leurs Maifons : Ils ramafferent,
les larmes aux yeux, les triftes
reftes de leurs Familles, que la
fuite avoit garanties ; & les con-
duifirent à Mende, où le Prélat de ce Diocéfe dont j'ai déja
parlé, pour les confoler dans
leur extréme malheur, leur donna tous les fecours qu'ils pouvoient attendre de fon zéle &
de fa charité.

Tandis que ces Furieux figna-
loient leur rage dans Fraiffinet,
& allarmoient tout le Gevaudan
par leurs cruautez, le Colonel
Marfily, qui eftoit arrivé à Genoüillac, commençoit à punir la
Troupe de Joanny des defordres
qu'il y avoit faits : Il prit fi bien
fes précautions pour cacher fa
marche, & tromper les Habitans du Païs, qu'il la rencontra,
l'attaqua vigoureufement, & luï

tua prés de quatre-vingt Hommes. Mr. de Julien le joignit le lendemain, avec deux cent Miquelets, & trois cens Hommes de Troupes reglées, & acheva de diffiper cette Troupe ; & châtia Genoüillac de fa revolte, en y faifant paffer au fil de l'épée tous les Rebelles qui s'y trouverent, mettant le Lieu au pillage, & faifant rafer les Maifons.

Quelques Bourgs & Hameaux du voifinage, qui avoient fourni des vivres aux Revoltez, & les avoient logez, reçurent le même traitement.

D'un autre cofté, Mr. de la Jonquiere, avec les Troupes de la Marine qu'il commandoit, tomba auprés de St. Mamet, fur une groffe Bande de Fanatiques, qui venoient de brufler plufieurs Eglifes, & de maffacrer tous les Curez & les An-

ciens-Catholiques qu'ils avoient
trouvé fur leur paſſage : il les
attaqua, les battit, en tua plus
de cent, & mit en fuite le reſte.

Mais, ce fut principalement
dans la Vau-Nage, qu'ils furent
alors bien battus par Mr. le Maréchal de Montrevel : il n'avoit
avec lui que le Regiment de Fimarcon, & celui des Vaiſſeaux.
Les Fanatiques eſtoient en grand
nombre, ayant joint deux de
leurs Troupes, & les ayant groſ-
ſies des Recruës que le Païs leur
avoit fourni, pour reparer la
perte qu'ils avoient faite à la
Calmete quelques jours auparavant, dont ils vouloient avoir la
revanche : ils ſe rangerent en
aſſez bon ordre, leur Cavalerie
ſur les ailes, & eurent l'audace
d'attendre de pied ferme les
Troupes du Roy. On les attaqua vivement : ils combattirent

d'abord avec affez de fermeté ;
mais, comme ils n'avoient, ni
adreffe, ni veritable courage,
& que toute leur valeur confif-
toit à expofer fans crainte à la
mort, une vie qui leur eftoit à
charge, ils furent bientoft en-
foncez de tous coftez, & contrains à prendre la fuite. Il en
demeura plus de deux cent fur
la place : On y fit à l'ordinaire
peu de Prifonniers ; mais ils y
perdirent plufieurs de leurs Chevaux, & toutes leurs munitions
de guerre & de bouche.

Il eft jufte, qu'en Hiftorien
fidéle, je n'oublie pas ici l'action
genereufe d'un homme du Lieu
de Gajan, nommé *Lefevre* ; laquelle a du rapport à ce que
l'Hiftoire raconte de cette Femme illuftre de la Maifon de Ce-
zely de St. Augnés, qui deffendit autrefois Laucate contre les

E iv

Espagnols, & préfera le service
du Roy à la vie de son Mari,
qui avoit esté pris dans une sortie, & qu'on fit mourir à ses yeux
sans pouvoir ébranler sa fidélité.

Le premier jour du mois de
Mars, une Troupe nombreuse
de Fanatiques, attaqua à la
pointe du jour, le Village de
Gajan. Les Anciens - Catholiques de ce Lieu, qui avoient
esté avertis de leur dessein, s'é-
toient refugiez avec leurs meilleurs effets, dans le Chasteau
du Sr. d'Aubenas: La Mere &
le Frere de ce Lefevre, en étant
sortis imprudemment dans le
temps que les Rebelles y arrivoient, tomberent malheureusement entre leurs mains: Lefevre qui avoit servi dix ans dans
les Grenadiers du Regiment de
Bretagne, voyant que les Fanatiques entroient de tous côtez

dans le Chasteau, fit aussitost
monter avec lui à la Tour, ceux
qui avoient des armes, & se mit
à leur teste. Celui qui commandoit la Troupe des Rebelles,
desesperant de le forcer dans
ce poste, lui presenta sa Mere
& son Frere, en lui disant que
s'il se rendoit on ne leur feroit
aucun mal, qu'autrement il alloit les faire egorger en sa pre-
sence. Lefevre qui se sentoit
encore de ce qu'il avoit esté
autrefois, se presenta fierement
au haut de la montée, la bayonete au bout du fusil; & lui
répondit, que lorsqu'il s'agissoit
du service du Roy & de la Religion, il ne connoissoit ni Mere
ni Frere, & qu'il tueroit tous
ceux qui se hazarderoient de
monter. Les Fanatiques étonnez de cette resolution, n'ose-
rent l'attaquer; & même, com-

E v

me il eſt difficile que les plus
ſcelerats ne ſoient touchez d'une
action heroïque, ils laiſſerent en
liberté les deux Priſonniers, &
ſe retirerent, aprés avoir brûlé
le reſte du Chaſteau, où ils ne
trouverent aucune reſiſtance.

Cependant, on mettoit tout
en uſage pour arreſter le cours
de tant de deſordres : D'un côté, Mr. le Maréchal, à meſure
que les Troupes arrivoient, faiſoit pourſuivre, & cherchoit
lui-même ſans-ceſſe les Rebelles, pour les obliger à rentrer
dans leur devoir, par les victoi-
res que l'on remportoit ſur eux
quand on pouvoit les rencontrer: D'un autre coſté, Mr. de
Baſville avec le Préſidial de Nîmes, pouvoient à peine ſuffire
à juger ceux de ces Miſerables
dont toutes les Priſons du Païs
eſtoient remplies ; & comme ce

n'estoient que Meurtriers, qu'Incendiaires, que Sacrileges, on
ne voyoit par tout, que gibets,
que roües, qu'échafaux, que
buchers.

Le plus insigne de ces Scelerats, qui tomba alors entre
les mains de la Justice, fut le
fameux *Rastellet*, qu'on disoit
estre le Major General des Revoltez : Il s'estoit trouvé au
meurtre de l'Abbé du Cheyla,
& avoit assisté à une infinité
de massacres & de bruslemens
d'Eglises : Il fut pris à la déroute des Fanatiques prés de
Barjac, conduit & jugé à Alais,
où il fut condamné à estre roüé
vif, & executé le 4. du mois
de Mars : quoique ce Malheureux fust noirci de mille crimes,
Dieu lui fit la grace, quelques
momens avant sa mort, de le
convertir à la Foy Catholique.

E vj

Comme il eſtoit inſtruit des affaires des Revoltez , Mr. de
Baſville qui eſtoit attentif à découvrir leurs deſſeins , tira adroi-
tement de lui pluſieurs connoiſ-
ſances qui lui furent trés-utiles
dans la ſuite : Il lui déclara entr'autres choſes , qu'il eſtoit trés-
certain que le Vivarés eſtoit de
concert avec les Cevenes : qu'ils
avoient marché pour entrer en
ce Païs-là , avec huit cens Hommes, lorſqu'ils furent battus prés
de Barjac par Mr. de Julien :
que Cavalier qui eſtoit un de
leurs Chefs , avoit reçu alors
deux Lettres , qu'il avoit vûës,
leſquelles lui avoient eſté portées par deux Guides , qui devoient les conduire dans les
Bouttieres ; mais qu'il ne ſça-
voit point qui eſtoient ceux qui
les avoient écrites , parceque
c'eſtoit un ſecret reſervé à Ca-

valier : Il lui nomma un Homme de Nîmes, qui avoit foin
de leur fournir de la poudre,
lequel fut arrefté, & puni quelque temps aprés ; enfin , il lui
découvrit de quelle maniere ils
fubfiftoient , les Lieux qui leur
donnoient retraite & leur four-
niffoient des vivres.

Outre les expéditions Militaires , & les exemples de la
Juftice qu'on employoit fans-
ceffe, Mr. le Maréchal jugea à
propos d'exciter le zéle de la
Nobleffe Huguenote du Païs ,
laquelle jufqu'alors avoit veu
tranquillement tous ces defordres, fans fe donner le moindre
mouvement pour les arrefter.
Pour cet effet, dans le féjour
qu'il fit à Alais, il y fit affembler tous les Gentils - hommes
Nouveaux-Convertis des environs, qui s'y rendirent en bon

nombre, & lui firent d'abord
de grandes proteftations de leur
zéle & de leur fidélité pour le
fervice du Roy : Il leur repre-
fenta, d'une maniere vive &
forte, mais en même temps trés-
honnefte, *qu'il falloit des actions*
& non des paroles, pour le per-
fuader de leur bonne volonté : qu'il
n'ignoroit point qu'ils eftoient les
Maiftres abfolus de leurs Vaffaux :
qu'ils devoient tous employer leur
autorité pour les contenir dans le
devoir ; lui donner avis de ceux
qui refuferoient de leur obéir ; ré-
pondre de tout ce qui fe faifoit
dans leurs Terres ; en un mot,
qu'ils devoient faire à l'avenir
tout ce qu'ils n'avoient point fait
jufqu'alors : Il ajoûta, que dans
de fi grands maux, & qui inte-
reffoient fi fort l'Eftat, un air non-
chalant ne convenoit point à la
veritable Nobleffe de ce Royaume.

Enfin, il accompagna fes difcours de tant de marques de
confideration pour ceux qui
rempliroient leurs devoirs, &
fit fi bien fentir ce qu'avoient
à craindre ceux qui ne le feroient point, qu'ils fe retirerent
fi convaincus de fes raifons, &
fi fatisfaits de la maniere dont
il leur avoit parlé, qu'ils parurent effectivement, quelque
temps aprés, avoir changé de
conduite; & ne contribuerent
pas peu dans la fuite, à pacifier
les troubles, comme nous le
verrons en fon lieu.

Ce n'eftoit pas affez, d'avoir
tiré la Nobleffe Huguenote du
Païs de fon indolence pour le
fervice du Roy, il falloit auffi
autorifer la prife des armes de
ceux des Anciens Catholiques,
qui fe trouvoient en des Lieux
où l'on n'avoit pû encore en-

voyer des Troupes pour les défendre, & qui, se trouvant exposez aux ravages des Fanatiques, estoient contrains de repousser la force par la force : Il estoit encore necessaire, de pouvoir punir promptement ce grand nombre de Criminels qui s'élevoient en même-temps de tous costez, sans estre embarassé par les formalitez ordinaires de la Justice, qui auroient trainé en longueur des affaires qui demandoient la celerité : Il falloit aussi obliger plusieurs Communautez, & un nombre infini d'Habitans de ce Païs, à faire leur devoir ; car il y en avoit quantité, qui croyoient n'estre point coupables en demeurant tranquilles dans leurs Maisons, quoiqu'ils fournissent secretement aux Attroupez les choses dont ils avoient

befoin, & que leurs Enfans fuffent avec eux : enfin, il eftoit
auffi d'une abfoluë neceffité,
d'empêcher, que des Païs étrangers, qui eftoient en guerre contre la France, il ne vint fecre-
tément des Gens, pour fournir
des Chefs aux Fanatiques, ou
pour groffir leur Parti.

Et c'eft à toutes ces chofes
que Mr. de Bafville, qui eftoit
fans ceffe appliqué à chercher
des moyens pour appaifer les
troubles, crut avoir fuffifament
pourvû, par une Déclaration
du Roy qu'il demanda à la Cour,
& qu'il fit en même temps
publier ; laquelle portoit :

Que le Roy eftant informé, que
quelques Gens fans Religion por-
toient des armes, excrçoient des
violences, brufloient des Eglifes, &
tuoient des Preftres : Sa Majefté
ordonnoit à tous fes Sujets de courre

*sus ; & que ceux qui seroient pris
les armes à la main , ou parmi
les Attroupez , fussent punis de
mort , sans aucune formalité de
Procés : que leurs Maisons fussent
rasées , & leurs biens confisquez :
Comme-aussi , que toutes les Maisons où il auroit esté fait des Assemblées , fussent démolies. Le Roy
deffendant aux Peres , Meres ,
Freres , Sœurs , & autres Parens
des Fanatiques , & autres Revoltez , de leur donner retraite , vivres , provisions , munitions , ni
autres assistances , de quelque nature , & sous quelque prétexte que
ce fust , ni directement , ni indi-
rectement ; à peine d'estre reputez
complices de leur rebellion : & comme tels , il vouloit & entendoit ,
que leur Procés leur fust fait &
parfait par le Sr. de Basville ,
& les Officiers qu'il choisiroit. Sa
Majesté ordonnant encore aux Ha-*

bitans du Languedoc, qui, dans le temps de cette Déclaration, se-roient hors de leur demeure, d'y retourner dans huit jours ; à moins qu'ils n'eussent une cause legitime, qu'ils déclareroient au Sieur de Montrevel Commandant, ou au Sr. de Basville Intendant : & avertiroient cependant les Maires & Consuls des Lieux, de la rai-son de leur retardement ; de quoi ils prendroient des Certificats, pour les envoyer ausdits Srs. Comman-dant ou Intendant : Ausquels Sa Majesté ordonnoit, de ne laisser entrer aucun Etranger ni Sujet des autres Provinces, sous prétexte de Commerce ou autre affaire, sans un Certificat des Commandans ou Intendans des Provinces d'où ils partiroient, ou des Juges Royaux des Lieux de leur départ ou des plus prochains. Qu'à l'égard des Etrangers, ils prendroient des Pas-

seports des Ambassadeurs ou Envoyez du Roy dans les Païs d'où
ils seroient partis , ou des Commandans ou Intendans des Provinces, ou des Juges Royaux des
Lieux où ils se trouveroient : Au
surplus, Sa Majesté voulant que
ceux qui seroient pris en ladite
Province de Languedoc sans de
tels Certificats , fussent reputez
Fanatiques & Revoltez; & comme tels, que leur Procés leur fust
fait & parfait , & qu'ils fussent
punis de mort : auquel effet, ils
seroient menez audit Sr. de Bafville, ou aux Officiers qu'il choisiroit.

C'est ainsi qu'on prennoit
toutes sortes des précautions
pour soumettre ces Rebelles ;
mais tout estoit inutile , & ils
n'en devenoient que plus furieux. Nos armes avoient beau
diminuer le nombre de ces Bri-

gands, par ceux qu'on tuoit
dans les combats, le Païs, qui
estoit une source intarissable de
Scelerats, reparoit aussitost ces
pertes. C'estoit en vain, que
la Justice mettoit continuellement devant leurs yeux, les
exemples terribles qu'on en faisoit; ils estoient incapables d'en
profiter. Les Exhortations qu'on
leur adressoit, ne faisoient aucune impression sur leurs esprits.
Les Ordonnances de Mr. de
Basville, du Commandant de
la Province, & du Roy même,
qui auroient dû attirer leur res-
pect, ne faisoient qu'exciter leur
audace: C'estoient des Testes
tournées par les visions du Fanatisme, que rien ne pouvoit
guerir: des Monstres, qui se disoient, *les Enfans de Dieu*; tandis que les crimes horribles qu'ils
commettoient, faisoient voir à

toute la Terre, qu'ils ne pouvoient eſtre que *les Miniſtres
du Démon.*

Auſſi, quoique l'on puſt faire,
les maſſacres & les incendies
continuoient toûjours ; & ils
bruſlerent alors les Egliſes de
St. Eſtienne d'Iſſenſac, de St.
Martin de Londres, de St. Jean
de Bueges, quelques autres encore, & égorgerent pluſieurs
Curez & Anciens-Catholiques.

C'eſtoient les Troupes de Cavalier & de Roland, qui s'é-
toient ſeparées par Pelotons
pour faire ces ravages, & qui,
s'eſtant rejointes enſuite, compoſoient un Corps de plus de
quinze cens Hommes : Ils ſe preſenterent devant Sumene pour
s'y rafraichir ; mais on leur en
refuſa l'entrée, & ils furent con-
traints de ſe retirer : Ils marcherent à Ganges, où ils furent

reçus sans aucune resistance des Habitans, qui, estant la plûpart Nouveaux-Convertis, leur fournirent des vivres, & toutes les choses dont ils avoient besoin; mais, avant que d'y arriver, ils tomberent malheureusement sur une Compagnie d'Infanterie qui escortoit un Curé, & ils en tuerent tous les Soldats, dont ils jetterent les corps dans la riviere de la Roque: Ils ne bruslerent point l'Eglise de Ganges, ni n'y massacrerent aucun Catholique, parceque ceux qu'ils appelloient leurs Freres, leur firent entendre que la punition en retomberoit sur eux; mais ils y firent des Detachemens, qui allerent porter le fer & le feu dans tous les Lieux du voisinage.

Mr. le Maréchal ayant eu avis de ces desordres, partit de

St. Hipolite en diligence pour
aller à Ganges : Cavalier & Ro.
land, avertis de sa marche, en
sortirent promptement ; & par
des sentiers qui n'estoient pra.
tiquez que par des Bestes feroces comme eux, ils traverserent
les deux affreuses Montagnes des
Seranes ; & s'estant divisez en
deux Bandes, l'une prit le chemin de la Vaquerie, l'autre
celui de Pompignan.

Mr. le Maréchal averti de ce
mouvement, non par les Habitans du Païs, mais par ceux qu'il
avoit détachez pour les obser-
ver, ne laissa pas, pour leur
donner l'échange, de continuer
sa route : Mais, à une demie
lieuë de St. Hipolite, quand
il crut avoir bien persuadé à
tout le Païs qu'il alloit à Ganges, & que les avis en avoient
couru, il fit alte : commanda
à

à Mr. de Parate de rebrousser chemin; de prendre à gauche; d'aller droit à Claret, avec le Regiment de Dragons de Fimarcon, trois Compagnies de Miquelets, & un Détachement des Troupes de la Marine, & de s'y tenir prest à executer ses ordres. A peine ces Troupes y furent arrivées, que Mr. le Maréchal apprit que les Fanatiques, qui le croyoient loin d'eux, estoient entrez dans Pompignan par les intelligences qu'ils y avoient : Il manda aussitost à Mr. de Parate, de marcher à mesure qu'il s'avanceroit, pour les enveloper: L'Infanterie, commandée par le Chevalier de St. Montan, fut postée dans un Bois, où l'on jugea qu'ils ne manqueroient pas de se jetter quand ils seroient poursuivis : Les Miquelets, commandez par le Sr. de

F

Palmerolle, furent mis en embuscade derriere une Montagne joignant ce Bois ; & les Dragons, par un défilé, gagnerent la Plaine, & marcherent en bataille droit aux Revoltez. Ils estoient sortis de Pompignan à l'approche des Dragons, & commençoient à se ranger pour combattre : leur nombre estoit considérable ; car leurs deux Bandes s'estoient jointes, & faisoient un Corps de prés de deux mille Hommes : Cependant, quand ils sçurent que Mr. le Maréchal en personne commandoit nos Troupes, & qu'ils virent la fierté avec laquelle on marchoit à eux, l'épouvante les prit, & ils ne songerent qu'à se sauver : ceux qui voulurent faire ferme dans la Plaine, furent taillez en pieces par les Dragons, qui les poursuivoient de

tous costez l'épee dans les reins :
ceux qui crurent se garantir en
se jettant dans les Bois, furent
reçus par l'Infanterie, qui les
passoit par les armes ; de là,
ayant voulu gagner la Montagne, ils y trouverent les Miquelets, qui en firent un grand carnage. Il y en eut plus de quatre cent tuez sur la place en
differents endroits, parmi lesquels on reconnut quelques-
uns de leurs principaux Officiers ; plusieurs blessez, dont la
plûpart furent trouvez morts
dans les Bois les jours suivans :
On y fit des Prisonniers ; & on
trouva le Champ de bataille
jonché des armes qu'ils avoient
jettées. Nous n'y perdimes que
quelques Soldats, & deux Capitaines, l'un des Dragons, l'autre des Miquelets : Le Sr. de
Palmerolle, & un Lieutenant

de Dragons , y furent bleſſez.

Aprés cette expedition , qui fut la plus ſanglante qu'on eût encore vû contre les Fanatiques, Mr. le Maréchal fit executer à Ganges cinq ou ſix des principaux Priſonniers qui y avoient eſté faits ; & pour punir cette Ville d'avoir ouvert ſes Portes aux Revoltez , il y envoya un Détachement de Dragons logez à diſcretion.

L'on crut d'abord , qu'une défaite ſi conſidérable deſabuſeroit entierement cette Canaille , de la fole prévention où ils eſtoient de pouvoir ſouſtenir une guerre ouverte contre le Roy : Et en effet , de quelque temps aprés , les Fanatiques n'oſerent plus mettre en Campagne de groſſes Troupes , ſoit qu'ils craigniſſent de combattre contre nous, ou qu'ils trouvaſfent plus de facilité à fubfifter, & à commettre leurs crimes ordinaires, divifez par Pelotons.

Ils fe difperferent donc alors, & formerent plufieurs petites Troupes, qui trouvoient par tout des retraites, & qui groffiffoient pourtant au befoin, quand ils avoient un coup à faire, par les Jeunes-Gens du Païs qui les alloient joindre, & qui, les quittant quand il eftoit fait, s'en retournoient chez eux, ou, comme nous l'avons dit, ils reprennoient tranquilement leurs travaux ordinaires, fans qu'on puft les reconnoiftre.

Ce fut par ces Troupes répanduës en divers Lieux des Cevenes, où il n'eftoit pas poffible de porter du fecours tout-à-la-fois, qu'ils continuerent à faire tous les maux qu'ils purent.

F iij

Le Baron de Cadoine & le Sr. de Solperiere, jeunes Gentils-hommes du Bas-Gevaudan, tomberent malheureuſement entre leurs mains en allant à St. Eſtienne. Le Prophete de ces Brigands fut conſulté ſur leur deſtinée : Il declara, *que l'heure de ce premier n'eſtoit pas encore venuë :* on le laiſſa aller. Pour l'autre, il dit *que l'Eſprit lui reveloit, qu'il devoit ſervir de Victime, pour expier les pechez de la Jeuneſſe qui faiſoit la guerre aux Enfans de Dieu ;* & ils l'égorgerent auſſitoſt ſur le grand chemin : Mais, le veritable motif de cet oracle cruel, c'eſt qu'il eſtoit fils d'un pere Ancien-Catholique, & qui travailloit avec beaucoup de zéle pour la Religion & pour le ſervice du Roy.

D'un autre coſté, trente Gre-

nadiers du Regiment de la Fare,
qui efcortoient une petite Re-
cruë du Regiment de Haynaut,
furent rencontrez malheureufement par trois cent Fanatiques,
qui en tuerent quelques-uns,
avec le Lieutenant qui les commandoit.

Il arriva encore alors un fâ-
cheux accident au Sr. de Tar-
naud Colonel : Il avoit pris une
Efcorte de cent Hommes de fon
Regiment, pour aller d'Alais à
Ufés. Les Fanatiques furent
avertis de fa marche ; & ayant
groffi leur Troupe, par les Jeunes Gens de tous les Lieux du
voifinage où il devoit paffer,
ils formerent un Corps de quatre ou cinq cens Hommes, qui
l'enveloperent, & l'attaquerent
vivement de tous coftez : Il fe
deffendit quelque temps avec
beaucoup de vigueur & de con-

duite ; ſe battit en retraite à la
faveur de quelques murailles de
Vignes, & en tua même pluſieurs : mais enfin, il fut obligé
de ceder au grand nombre, &
de paſſer à gué, avec aſſez de
peine, la riviere du Gardon,
pour garantir ſa Troupe, aprés
avoir perdu un Capitaine &
vingt-cinq Soldats.

Ce ne furent pas les ſeuls
attentats que commirent les Fanatiques, par ces Troupes ainſi
diviſées par Pelotons, leſquelles
ils groſſiſſoient quand le coup
qu'ils avoient à faire le demandoit ; ils bruſlerent encore alors
quelques Egliſes, non-ſeulement
prés de la Montagne de l'Eſ-
perou, & dans les Hautes-Cevenes, mais encore dans la Plaine même, & preſqu'à la vûë
de Mr. le Maréchal, qui, étant
un jour à Maſſillargues, apprit

que ces Scelerats avoient mis le feu dans la nuit à celle de St. Laurens, & en avoient maſſacré le Curé, de la maniere la plus cruelle qu'on ſe puiſſe imaginer.

Mr. de Montrevel avoit pourtant fait tout ce que la prudence exigeoit de lui pour empêcher ces ravages ; car, d'abord aprés la déroute des Fanatiques à Pompignan, ayant appris leur diſperſion, & prévoyant les maux qu'ils pouvoient faire ainſi ſeparez, il avoit auſſi ſeparé ſes forces, pour les pourſuivre de tous coſtez. Dans ce deſſein, il avoit envoyé Mr. de Julien dans les plus hautes Montagnes des Cevenes ; Mr. de Parate du coſté de Ganges, & Mr. de Bombel vers Anduſe : mais toutes ces pourſuites furent inutiles. Les Fanatiques toûjours

F v

exactement avertis de nos mou.
vemens par les Habitans du Païs,
n'avoient pas pluftoft fait leurs
coups , qu'ils s'alloient auffitoft
cacher dans des Lieux inaccef.
fibles , où , quelque perquifition
que l'on puft faire , & quelque
bonne envie qu'on euft d'en venir aux mains , bien loin de les
pouvoir joindre pour les com.
battre , il n'eftoit pas feulement
poffible de fçavoir ce qu'ils
eftoient devenus.

L'on trouvoit en ce temps.
là , fur la plûpart des Fanatiques qui eftoient pris ou tuez,
une Medaille. On y voyoit d'un
cofté, un Dragon renverfé &
percé d'une fléche ; & au-deffus,
ces trois Lettres en gros caractere : C. R. S. De l'autre côté,
on voyoit deux Piques paffées
en fautoir ; & autour, ces fix Lettres : J. O. V. R. S. M.

On fçut des Fanatiques mêmes, que ceux qui leur avoient
envoyé cette Medaille leur
avoient appris, que ces trois
premieres Lettres fignifioient,
Chriftiani Romanos facrificate ;
c'eft-à-dire, Chreftiens facrifiez
les Catholiques Romains : Et
que les autres fix fignifioient,
*Juvenes offerte veræ Religioni
Sacrificium magnum* ; c'eft-à-dire,
Jeunes-Gens offrés à la vraye
Religion un grand Sacrifice.

Il ne fut pas poffible de fçavoir où cette Medaille avoit efté
frapée : On crut que c'eftoit en
Hollande. Et par là, l'on voit
que dans les Païs étrangers on
ne negligeoit rien, pour entretenir & exciter même la fureur
de ces Enragez ; comme fi les
excés horribles qu'ils commettoient n'avoient pas fuffi, &
qu'ils euffent eu befoin d'eftre

F vj

exhortez à mal faire.

Ce n'estoit pas seulement des Exhortations de cette nature qu'ils recevoient des Païs étrangers, on leur envoyoit aussi de temps en temps de l'argent pour fournir à leur subsistance ; des Chefs pour les Commander, ou des Scelerats pour en grossir le nombre : lesquels, de la Savoye, d'où ils venoient, traversoient le Dauphiné ou la Provence, & passant le Rhône, se jettoient dans le Vivares ou dans les Cevenes.

Mr. de Basville, qui estoit averti de leurs plus secretes intelligences avec les Etrangers, par les Espions qu'il avoit de tous costez, & par l'application continuelle avec laquelle il veilloit à prévenir leurs desseins, avoit déja donné ses ordres pour garder soigneusement tous les passages de cette Riviere ; mais il y fit encore alors veiller de si prés, & avec tant d'exacti-tude, que dans la suite presque aucun Etranger ne s'y pre-senta qu'il ne fust arresté.

Une autre chose entretenoit encore leur opiniastreté dans la revolte ; c'estoit l'esperance dont on les flatoit depuis long-temps, ainsi que nous l'avons déja vû par le projet de Brousson & de Vivens, d'un secours qu'on leur devoit envoyer par Mer, qui leur porteroit des Troupes, des armes & des munitions de guer-re, dont ils avoient grand be-soin alors.

Pour leur faire perdre cette esperance, qui n'estoit pas sans fondement, à cause que la sai-son de la Navigation appro-choit, Mr. le Maréchal & Mr. de Basville, allerent visiter la

Coste , depuis Aygues-Mortes
jusqu'à Agde, & donnerent par
tout les ordres necessaires , pour
empêcher que les Ennemis n'y
pussent faire aucun débarque-
ment : Ils envoyerent même
alors à la Cour un Mémoire,
contenant les précautions qu'il
y avoit à prendre , pour mettre
à l'avenir nos Costes en sureté ,
& il est certain , que si l'on avoit
executé le projet qu'ils avoient
fait , jamais les Ennemis n'auroient osé tenter une descente,
comme ils firent quelque temps
aprés , ainsi que nous le verrons
dans la suite.

Cependant , quelques pré-
cautions que l'on prist pour empêcher les Fanatiques de recevoir les secours qui leur venoient
de nos Ennemis, & les desabu-
ser des esperances dont on les
entretenoit, les Nouveaux-Con-

vertis de ce malheureux Païs eſtoient tellement opiniaſtrez dans leur revolte, que malgré les expeditions Militaires, & les exemples terribles que l'on faiſoit ſans-ceſſe de ces Scelerats, les incendies des Egliſes, les maſſacres des Curez & des Anciens-Catholiques, continuoient toûjours ; enſorte que tout ce que l'on faiſoit pour éteindre cet embraſement, ſembloit ne ſervir qu'à en augmenter la violence.

Ce n'eſtoit pas ſeulement dans les Montagnes des Cevenes que les deſordres du Fanatiſme éclatoient, c'eſtoit auſſi dans la Plaine, & juſqu'aux Portes de Nîmes, que ſa fureur ſe répandoit. Les Religionaires de cette Ville eurent l'inſolence d'y convoquer une Aſſemblée de plus de trois cent Perſonnes

de la Populace, le jour même
du Dimanche des Rameaux, à
deux heures aprés midi , dans
un Moulin du Fauxbourg de la
Porte des Carmes. Ce n'eſtoit
pas un attroupement de Gens
armez , & qui euſſent deſſein
d'entreprendre quelque expedition Militaire, c'eſtoit ſeulement
une de ces Aſſemblées illicites,
qu'un zéle aveugle de Religion
fait convoquer contre les ordres
du Roy, pour prêcher malgré
ſes deffenſes : Mais , le jour , le
lieu , l'heure , & la preſence de
Mr. le Maréchal , qui eſtoit alors
à Nîmes , rendoient cette entrepriſe d'autant plus criminelle,
qu'on ne pouvoit pas douter
que c'eſtoit principalement pour
lui faire voir le peu de cas qu'on
faiſoit de ſon autorité , & des
ordres de la Cour , puiſqu'on
avoit l'audace de les violer en

fa prefence. Auffi, il en fut fi
irrité, qu'il y alla en perfonne :
fit faire main - baffe fur cette
Canaille, dont il y en eut environ cinquante de tuez fur la
place; le refte fut diffipé : & il
fit même, fur le champ, mettre le feu au Moulin, & démolir
enfuite entierement, ce que les
flammes n'avoient pû détruire.

Tous les Catholiques, à caufe de la dévotion du jour,
eftoient alors affemblez dans
l'Eglife Cathedrale. Comme ils
entendirent crier, courir dans
les Ruës, tirer des coups de fufils, & qu'on ne pouvoit pas
fçavoir au vrai ce qui fe paffoit
au dehors, ils crurent que les
Fanatiques eftoient entrez dans
la Ville : L'allarme fe répandit
dans l'Eglife; le Service fut interrompu; plufieurs mirent l'é-
pée à la main, & tâchoient de

gagner les Portes, pour en défendre l'entree. Mr. Eſprit Flechier, pour lors Evêque de Nîmes, voyant ce tumulte, & ne
ſe trouvant pas en eſtat, à cauſe d'une indiſpoſition, de parler lui-même à ſon Troupeau,
pour le calmer, pria Mr. l'Abbé de Beaujeu, pour lors Cha-
noine, & depuis Evêque de
Caſtres, de monter en Chaire:
il le fit ; & s'aviſa heureuſement, de ſe ſervir de ces paroles de Jeſus Chriſt, *Quid ti-*
metis modicæ fidei : il les para-
phraſa ſur le champ avec tant
d'éloquence, & les appliqua ſi
bien au ſujet, qu'il raſſura les
eſprits, & l'on acheva tranquilement le divin Service.

Cependant, cet exemple de
ſeverité que donna Mr de Montrevel, conſterna le menu Peuple de cette Ville, qui eſtoit

presque tout Fanatique , & très-mal intentionné : mais il excita les Revoltez de la Campagne, à brusler cette même nuit , par represailles du Moulin, une Egli-se d'un petit Lieu, appellé *Ville-Telle* ; ainsi qu'ils avoient bruslé quelques jours auparavant, l'E-glise du Pont de Lunel , & brisé toutes les Croix qui estoient sur le grand Chemin , depuis Nî-mes jusqu'à ce Pont.

La Province estoit pourtant remplie de Troupes dans le temps de ces desordres ; car , Mr. de Basville avoit representé si vivement à la Cour , la vio-lence de ces mouvemens, & les suites terribles qu'ils pouvoient avoir, que quoique la guerre continuast toûjours avec fureur sur nos Frontieres , & que la Campagne allast commencer, on lui avoit envoyé tous les fecours qu'il avoit demandez.

Mais, cette revolte estoit de
telle nature, par la débauche
generale de tous les Habitans
du Païs, & par la maniere dont
les Rebelles s'y prennoient pour
faire des ravages, tantost d'un
costé, tantost d'un autre, sans
pouvoir estre surpris, qu'on ne
sçavoit plus comment faire pour
y remedier.

En effet, quoique nos Troupes fussent dans des mouvemens
continuels, & répanduës dans
les quatre Dioceses, où les Fanatiques brusloient les Eglises &
massacroient les Catholiques,
on avoit beau courir sur les Lieux
où l'on avoit commis ces attentats, on n'y trouvoit que des
Gens qui travailloient tranquilement à la culture de leurs
Champs, ou occupez à leur
trafic & à leur commerce; en

un mot , on n'y rencontroit ,
ni Gens armez , ni Personne
qui eust l'air d'avoir commis le
moindre crime.

L'on estoit pourtant certain ,
que ce ne pouvoit estre que ces
mêmes Hommes , qu'on trouvoit paisibles aux Champs &
dans les Villages , qui avoient
fait ces ravages : Il y avoit bien
quelques petites Troupes de Scelerats toûjours armez, & cachez
dans les Cavernes des Montagnes ; mais ils estoient en trop
petit nombre pour entreprendre de grands coups : & l'on
jugeoit bien qu'ils ne le pouvoient , que par la jonction des
Jeunes Gens du Païs qui alloient
grossir leurs Troupes ; & puis ,
quand ils avoient fait quelque
cruelle expedition , se retiroient
chez eux , où tout paroissoit
tranquile : Ensorte , qu'il en es-

toit à-peu-prés de ces orages
des Fanatiques, qui se formoient
subitement de temps en temps,
& se dissipoient de même, comme de ces tempestes qui s'éle-
vent dans l'air par l'amas de
plusieurs nuages, & qui, aprés
qu'elles ont tout-d'un-coup ra-
vagé la Campagne, laissent un
moment aprés, le Ciel aussi pur
& aussi serein, que s'il n'y avoit
jamais eu la moindre agitation.

Cependant, quelque certi-
tude que l'on eust, que les san-
glantes expeditions que faisoient
de temps en temps les Fanatiques, venoient de cette jonction des Habitans du Païs, on
ne pouvoit se resoudre à les exterminer tous sans distinction,
comme on auroit pû le faire:
Quoiqu'ils fussent presque tous
coupables, il y pouvoit avoir
quelques Innocens parmi les

Criminels ; & l'équité ne permettoit point, de les enveloper dans le chastiment qu'il estoit juste d'en faire.

L'expedient que l'on jugea à propos de prendre, dans une conjoncture si délicate, pour remedier à de si grands maux, sans user de trop de severité, fut de continuer à mettre les Troupes en mouvement de tous costez, pour chercher & combattre ceux qu'on trouveroit attroupez ; & de faire en même-temps des enlevemens, dans les Parroisses les plus coupables, de tous les Jeunes-Gens qui seroient soupçonnez d'avoir des intelligences avec les Rebelles, & de les transporter dans des Païs éloignez, & où ils ne pussent avoir aucun commerce avec eux.

Pour empêcher cette jonction dangereuse, Mr. de Basville avoit déja fait publier dans les Cevenes des Ordonnances, par lefquelles il avoit efté deffendu, fous de griéves peines, à toutes fortes de Perfonnes, de s'abfenter des Lieux de leurs habitations, fans des Certificats des Juges ou des Confuls : mais, ces Ordonnances n'avoient pas produit l'effet qu'on en devoit attendre, parceque ceux qui avoient accouftumé de faire ces équipées nocturnes, aimoient mieux s'expofer à toutes fortes de perils, que de fe priver du plaifir barbare qu'ils trouvoient à répandre le fang des Catholiques, & à brufler leurs Maifons & leurs Eglifes.

Il en fallut donc venir à ces enlevemens, pour diminuer le nombre des Scelerats fans effufion de fang, & priver les petites Troupes des Fanatiques

toûjours

roûjours armez , des prompts
ſecours qu'elles trouvoient dans
le Païs , lorſqu'elles ſortoient
de leurs Tanieres , pour entreprendre quelqu'une des ces expéditions ſanglantes , qui faiſoient tant d'horreur.

Le premier de ces enleve-
mens fut fait dans la Parroiſſe
de Mialet , qui eſt au milieu
des Cevenes , & qui s'eſtoit ouvertement déclarée pour les Fanatiques , leur ayant toûjours
donné toutes ſortes de ſecours ,
& ſur tout d'abord aprĕs la déroute de Pompignan : Et comme toute cette Parroiſſe eſtoit
generalement coupable , & in-
fectée du Fanatiſme , elle fut
entierement enlevée. Les Hommes furent embarquez , & envoyez dans les Priſons de Sal-
ces , où Mr. de Quinſſon Lieutenant General , & Mr. d'Al-

G

baret Intendant alors du Rouffillon, avoient écrit à Mr. de
Bafville, qu'on eftoit difpofé à
les recevoir.

Quand ceux des Revoltez
qui eftoient cachez par petites
Troupes dans les Bois, virent
qu'on commençoit à faire ces
enlevemens, & que par là on
alloit tarir la Source où ils pui-
foient les fecours dont ils avoient
befoin; leur rage fe redoubla;
& s'eftant joints enfemble, ils
allerent attaquer à l'improvifte,
les Habitans du Village de Mo-
lefan, dans le Diocéfe d'Ufés,
qui font tous Anciens Catholiques: Ils y bruflerent prés de
quarante Maifons; égorgerent
dix ou douze Perfonnes: les
autres fe retirerent dans l'Eglife,
où ils fe retrancherent, & fe
deffendirent fi bien, qu'ils con-
traignirent les Fanatiques de les

abandonner, aprés en avoir tué
une vingtaine.

D'un autre costé, quelques
petites Troupes de ces Scelerats jointes enfemble, allerent
brufler les Moulins du Marquis
d'Andufe, Gouverneur & Seigneur de cette Ville, Gentilhomme zélé pour le fervice du
Roy, qui a trés-bien fervi dans
fon Cantom : Et ces deux actions
furent faites avec tant de fecret, & une fi grande prompti-
tude, qu'il fut impoffible à nos
Troupes, qui marcherent au
premier bruit de ces mouvemens, d'arriver affez à temps
fur les Lieux où fe commettoient ces defordres.

Mr. de Julien, qui eftoit de
ce cofté-là, ayant efté averti,
non par les Habitans du Païs,
mais par des Gens de fon Détachement, qu'une Bande de

ces Furieux avoit esté reçuë à Saumane, Village à une lieuë d'Anduse, où on lui avoit donné retraite pendant trente heures, & fourni toutes sortes de secours, y fit mettre le feu aux Maisons, & enleva une partie des Habitans. Dans le temps qu'il les emmenoit, les Fanatiques, irritez de voir enlever les Hostes qui les avoient si bien reçus, resolurent de les délivrer, & attaquerent brusquement de tous costez, Mr. de Julien dans sa retraite : Mais, quoiqu'ils fussent en trés-grand nombre, il les reçut si vigoureusement, & avec tant de conduite, qu'il les repoussa, en tüa environ soixante, & continua sa marche, sans perdre un seul de ses Prisonniers.

Mr. d'Herouville Colonel du Regiment de Haynaut, se diftingua fort dans cette occasion, qui fut assez vive. Trois de nos Officiers y furent blessez : Nous y eumes quatre Soldats tuez, une vingtaine blessez ; & Mr. de Julien y reçut trois coups de fusil dans ces habits.

Bien loin que la rage que les Fanatiques témoignerent de ces enlevemens, rebutaft Mr. le Maréchal & Mr. de Basville de les faire continuer, ils connurent au contraire, que puis-qu'ils y estoient si sensibles, c'é-toit une marque certaine, que le coup qu'on leur portoit les blessoit au vif : que c'estoit le vrai moyen de voir bientoft la fin de ces troubles ; & qu'en-fin, il en estoit à peu prés de cette revolte, comme de ces embrasemens, dont on ne peut arrester la violence, qu'en en-levant aux flammes, & transf.

portant ailleurs, les matieres combustibles, qui ne servent qu'à les entretenir.

Il fut donc resolu de continuer à tenir la même conduite dans tous les Lieux suspects. Et Mr. le Maréchal, qui estoit convaincu que les attentats qu'on avoit fait à ses yeux dans le Diocése de Nîmes, ne pouvoient estre que l'ouvrage des Habitans des Lieux mêmes où ils avoient esté commis, puisqu'un moment aprés on n'y avoit trouvé aucunes Troupes de Fanatiques, y fit enlever tout d'un coup, en un seul jour, dans vingt quatre Parroisses, trois cent Jeunes Hommes: quelques Familles entieres de ceux qui avoient leurs Enfans parmi les Revoltez, & qui n'avoient fait aucune diligence pour les en retirer; enfin, tous ceux de

l'un & de l'autre fexe qui fa-
natifoient : & cet amas de Gens
fufpects & dangereux, fut auffitoft embarqué, & envoyé dans
les Prifons du Rouffillon.

Cette execution, qui conf-
terna ce Canton rebelle, fut
faite avec beaucoup d'ordre,
& fans la moindre émotion,
par la bonne conduite que Mr.
de Bafville, qui connoiffoit le
Païs, infpira à Mr. le Maréchal. Il obligea les principaux
Habitans des Lieux à indiquer
eux-mêmes, ceux de leurs Jeunes-Gens qu'on foupçonnoit le
plus d'avoir des intelligences
avec les Revoltez, outre cela,
il voulut en prendre lui-même
une exacte connoiffance : Les
Soldats les arrefterent tous en
même-temps en differents Lieux,
fans violence, & fans que les
Mal-intentionnez ofaffent bran-

G iv

ler, par les précautions que l'on avoit prises pour les contenir, tandis qu'ils verroient enlever avec regret, ceux dont ils avoient accoustumé de se servir pour executer leurs plus grands crimes.

Mr. le Maréchal ne se contenta pas de purger le Païs de ces Gens suspects, il voulut aussi en même temps les obliger à rendre leurs armes, se doutant bien qu'ils les tenoient cachées. Il les fit donc sommer, sur peine de la vie, de déclarer où elles estoient, & de les remettre; leur promettant, qu'il ne seroit fait aucun mal à ceux qui les rendroient de bonne foy : On leur tint parole; & par ce moyen, on tira de leurs mains un grand nombre de fusils & de pistolets, qu'on trouva chargez de bales d'étaim, avec un grain

de bled, qui eftoit la marque
à laquelle ils reconnoiſſoient
ceux qui eſtoient de leur Parti.

On fit enſuite la même choſe
dans le Diocéſe d'Uſés, où l'on
avoit commis les mêmes attentats que dans celui de Nîmes :
Aprés cela, Mr. le Maréchal
ſe diſpoſa à monter dans les
Hautes-Cevenes, ayant mandé
à Mr. de Baſville, de le venir
joindre à Sommieres, & d'y faire
porter les munitions de guerre
& de bouche neceſſaires pour
la ſubſiſtance des Troupes.

Quand ceux qui avoient accouſtumé d'aller preſter main-
forte aux Fanatiques, s'apperçurent qu'on commençoit à les
enlever de tous coſtez, ils prirent tout-d'un-coup le parti de
s'aller jetter parmi eux, & de
ne les plus quitter ; ainſi, ces
mêmes enlevemens, qui, d'un

G v

cofté, priverent les Chefs de la
revolte, des prompts fecours
qu'ils recevoient de ces Jeunes
Gens, groffirent, d'un autre,
confidérablement leurs Troupes,
par ceux qui aimerent mieux fe
déclarer ouvertement, que de
rifquer d'eftre enlevez: tant il
eft vrai, qu'on ne peut fouvent
guerir un mal, fans en exciter
un autre, & que les projets les
mieux concertez, font quelque
fois fujets à des inconveniens,
que toute la prudence humaine
ne fçauroit éviter.

Deux de ces Troupes, ainfi grof-
fies par la jonction de ces fcele-
rats, lefquelles avoient efté chaf-
fées des Hautes-Cevenes par Mr.
de Julien, & qui s'eftoient unies
enfemble, fe jetterent dans le
Diocéfe d'Alais, & parurent à
une lieuë de cette Ville, auprés
d'une Metairie, appellée *la Tour*

de Belot : Elles estoient compo-
sées de douze ou quinze cens
Hommes, & commandées par
Cavalier, Roland, & le Sr. de
St. Chate, jeune Gentilhomme
du Diocèse de Nîmes, Ancien-
Catholique, à qui la teste avoit
tourné, & que la débauche avoit
jetté parmi eux ; mais qui, dans
la suite, repara en quelque maniere cette folie, par son repentir, comme nous le verrons
dans la suite.

Mr. Planque, alors Brigadier
des Armées du Roy, & fait depuis Maréchal de Camp à la
prise de Girone, qui commandoit un Détachement de sept
ou huit cens Hommes des Regimens de Roüergue & de Tarnaut, avoit suivi ces deux Troupes jour & nuit, & de poste en
poste, depuis la Sale, où elles
avoient égorgé une vingtaine

G vj

d'Habitans, jufqu'à Brenoux &
au Colet, fans les pouvoir join_
dre : Il les avoit bien quelque
fois attaquées , leur avoit tué
des Hommes, & fait des Prifon.
niers ; mais il n'avoit pû les
charger à fouhait, parcequ'el_
les avoient toûjours fui devant
lui , & s'eftoient échapées, à la
faveur des Montagnes, des Bois
& des Précipices.

Enfin , il fut averti par un
Efpion , à qui il donna cinquante Loüis, qu'elles s'eftoient
arreftées auprés de la Tour de
Belot : qu'elles y devoient paffer
la nuit , s'y repofer, fe rafraichir ; & de là, fe jetter dans la
Vau-Nage, pour y mettre tout
à feu & à fang. Il en donna
auffitoft avis à Mr. le Maréchal,
qui lui ordonna de marcher dans
le moment pour les attaquer:
Il partit d'Alais à neuf heures

du foir, & y arriva à onze ; il
y trouva ces Troupes campées,
& rangées en bon ordre : il
n'avoit encore avec lui que le
Détachement du Regiment de
Roüergue ; celui de Tarnaut,
qui avoit pris un plus long chemin pour les enveloper, n'avoit
pû encore arriver : Les momens
font précieux à la Guerre, on
en doit profiter : il craignit que
les Revoltez ne lui échapaffent
dans la nuit ; il les fit charger.
Ils crurent que ceux qui les at-
taquoient éoient en grand nombre, l'épouvante les prit ; trois
ou quatre cent de leurs meilleurs Hommes, fe jetterent dans
la Metairie : Mr. Planque la fit
inveftir ; & en attendant que
tout fon Monde fuft arrivé, il
fe contenta de repouffer vivement ceux des Rebelles qui l'attaquerent plufieurs fois, pour

lui faire quitter les postes dont
il s'estoit saisi, afin de pouvoir
forcer ceux qui estoient dans la
Tour de Belot. Le Détachement qu'il attendoit estant sur-
venu, il fit attaquer la Metairie
à la pointe du jour : elle estoit
deffenduë par une bonne muraille; il y avoit outre cela une
vieille Tour. Les Fanatiques
avoient eu le temps de se fortifier, & de se preparer à se
bien deffendre : ils avoient re-
vestu par-dedans la principale
Porte, d'une muraille de pierre
seche; & percé tous les murs,
d'où ils faisoient continuellement feu de tous costez. L'attaque fut vive & bien conduite :
Tandis que, d'un costé, Mr.
Planque faisoit enfoncer la Porte
à coups de main, Mr. de Tarnaut, d'un autre, faisoit faire deux bréches à la muraille.

Quand cela fut fait , malgré
les coups de fufil , & des pier-
res que les Affiegez jettoient
fans-ceffe fur les Affaillans , on
entra de toutes parts , & on
fondit fur eux l'épée à la main,
ou la bayonete au bout du fufil : Ils fe deffendirent en defefperez , de chambre en chambre. On les tua tous , à la re-
ferve de quatre , qui furent pris
en vie , & executez le lendemain à Alais.

Dans le temps que Mr. Planque eftoit aux mains dans la
nuit avec ces Brigands , Mr. le
Maréchal eut la précaution de
lui envoyer un Détachement
de Dragons de Fimarcon , com-
mandé par Mr. de Foix Lieutenant Colonel , qui arriva affez à temps pour charger vivement dans la Plaine , ceux qui
avoient efté mis en fuite & dif-

perſez dans la nuit. Il y en eut encore pluſieurs de tuez dans cette pourſuite : Enſorte que dans toute l'action, les Revoltez perdirent plus de cinq cens Hommes, ſans compter les bleſſez, qui furent auſſi en trésgrand nombre. Leurs principaux Chefs ſe ſauverent des premiers, à la faveur des tenebres, & s'allerent cacher dans les Bois avec le débris de leurs Troupes.

Mr. Planque conduiſit cette affaire avec toute la vigueur & la prudence poſſible : Mr. de Tarnaut & Mr. de Foix s'y diſtinguerent : Tous nos Officiers & nos Soldats y firent parfaitement bien leur devoir. Nous y eumés un Capitaine & un Lieutenant de Roüergue tuez ; cinq Officiers Subalternes, de l'un & de l'autre Regiment, legerement blessez ; sept Irlandois Officiers Reformez dangereusement blessez, dont trois moururent de leurs blessures quelques jours aprés ; douze Soldats tuez, & une vingtaine blessez.

Mr. le Maréchal se rendit lui-même à cette Metairie à cinq heures du matin, & y donna tous les ordres necessaires pour profiter de cette déroute, qui fut complete, & trés-importante, par la perte considérable que firent les Rebelles, par la consternation de leur Parti, & par les ravages dont on garantit le Païs où ils avoient resolu d'aller porter le fer & le feu.

Fin du second Livre.

HISTOIRE
DU FANATISME
DE NOSTRE TEMPS.

LIVRE TROISIE'ME.

L E s Fanatiques ne se feroient jamais relevez de
la perte qu'ils firent à la
Tour de Belot, si tout le Païs,
qui estoit generalement opiniâtré à soustenir la revolte, n'a-
voit aussitost travaillé à la reparer, en leur envoyant des
Recruës, pour remplacer ceux
qu'ils avoient perdu, & en
continuant à leur donner tous
les secours dont ils avoient be-

foin : Ils n'oſerent pourtant, de quelque temps, reparoiſtre en Campagne par groſſes Troupes, & prirent le parti de ſe diviſer, & de ſe répandre d'un côté & d'autre par Pelotons, pour attendre les Catholiques ſur les Chemins, & maſſacrer, comme ils firent, tous ceux qui eurent le malheur de tomber entre leurs mains.

Il y avoit alors dans le Languedoc vingt Bataillons, & trois Regimens de Dragons, ſous les ordres de Mr. le Maréchal : Tous les poſtes eſtoient bien remplis, & les Troupes dans un continuel mouvement.

Mr. de Julien eſtoit dans les Hautes-Cevenes, où le Commerce, qui avoit eſté long-temps interrompu, commençoit à ſe rétablir : Les paſſages du Vivarés eſtoient bien gardez : Mr.

de Villar Colonel Reformé , eſtoit au pied de la Montagne de l'Auſere, dont les neiges, qui commençoient à ſe fondre , auroient laiſſé les Chemins li-bres aux Fanatiques : Mr. de Gevaudan Maréchal de Camp, eſtoit dans le Diocéſe d'Uſés ; & l'on avoit pris de tous côtez de ſi juſtes meſures , qu'ils ne pouvoient paroiſtre en aucun endroit, ſans eſtre vivement pourſuivis. Auſſi , il ne ſe paſſa preſque aucun jour, que quel-ques uns de ces Meurtriers ne fuſſent arreſtez ; & il n'y eut aucun maſſacre , qui ne fuſt auſſitoſt ſuivi d'une punition exemplaire , dans la Parroiſſe même où il avoit eſté commis.

Le plus renommé de ces Sce-lerats qu'on arreſta alors , fut le fameux *Delayne* : Il comman-doit la Troupe de Caſtanet,

qui s'attachoit principalement
à prêcher, & se reposoit sur
lui du soin des massacres. Ce
Delayne avoit commis une infinité de crimes dans les Hautes-Cevenes: Mr. de Basville le
faisoit chercher depuis long-
temps. Enfin, le Sr. Daudé son
Subdelegué, fut averti qu'il estoit dans une Maison du Village d'Aulas, prés le Vigan:
La Maison fut investie par des
Dragons, commandez par le
Sr. Bressieu, Capitaine dans le
Regiment de Fimarcon. De-
layne, ne voyant aucun moyen
de s'échaper, gagna le toit de
la Maison, armé de six pistolets; & il alloit tirer sur l'Officier, qui le serroit de prés,
lorsqu'un Dragon le jetta par
terre d'un coup de fusil; qui
lui laissa encore assez de vie,
pour estre puni de ses crimes,

par le fupplice de la roüe, qu'il n'avoit que trop merité.

Caftanet, pour fe confoler de la perte du Commandant de fa Troupe, s'avifa en ce temps-là de fe marier : Quoiqu'il fuft tel que nous l'avons ci-de-vant dépeint, & qu'il euft à peine la figure d'un Homme, le rang qu'il tenoit parmi les Fanatiques, lui fit trouver une Malheureufe, appellée *Mariette*, qui voulut bien fe hazarder d'ê-tre fa femme. Ce Mariage fut folemnifé avec de grandes ré-joüiffances : Toutes les Com-munautez rebelles lui firent des prefens : Son Epoufe fut ma-gnifiquement parée ; & l'on donna à cette Gueufe, le titre de *Princeffe des Cevenes*.

Le ridicule Mariage de ce Prophete Fanatique, ne laiffa pas de produire alors un bon effet. Dans le temps que la fête en duroit encore, ſa Troupe arreſta dans un défilé, prés de la Montagne de l'Aygoal, une trentaine d'Anciens-Catholiques, Hommes & Femmes, du Village de Fraiſſinet de Fourques, qui revenoient enſemble de la Foire de Barre. On les preſenta auſſitoſt, pieds & poings liez, aux Nouveaux-Mariez: Ces pauvres Gens s'attendoient à eſtre égorgez, & la cruelle Prin-ceſſe eſtoit de cet avis ; mais, Caſtanet voulut que ces Nopces fuſſent marquées par une action de clemence, & les renvoya tous en liberté : il leur fit même rendre tout ce qu'on leur avoit pris ; & n'exigea d'eux autre choſe, que la promeſſe qu'il leur fit faire, qu'ils ne feroient à l'avenir aucun mal aux Habitans de Maſſe-Vaque, qui eſtoit

eſtoit le Lieu où il eſtoit né.

Tandis que Caſtanet s'ap-
plaudiſſoit en ſecret de l'action
genereuſe qu'il venoit de faire,
& ſe conſoloit auprés de ſa
chere Mariette de la perte de
Delayne, il reçut une nouvelle
qui lui cauſa un chagrin mor-
tel, & le replongea dans l'af-
fliction. On lui apprit, qu'on
avoit arreſté le Sr. de Salgas,
dont nous avons déja parlé:
C'eſtoit un vieux Gentilhomme
du Bas-Gevaudan, zélé Hu-
guenot, & Admirateur de ce
Prédicant imbecile. Mr. de Baſville, qui le ſoupçonnoit depuis
long-temps, & l'avoit ſouvent
exhorté à changer de conduite,
prit lui-même le ſoin de lui faire
ſon Procés. Nous verrons bientoſt quelle en fut l'iſſuë.

Quatre de ſes Vaſſaux ſes
Complices, furent auſſi arreſtez

H

en ce temps-là, dont deux furent condamnez aux galeres;
les deux autres au gibet, parcequ'ils furent convaincus d'a-
voir assisté au massacre qui avoit
esté fait, un peu auparavant,
au Village de Fraissinet de Fourques.

Je dois rapporter ici, ce qui
arriva d'assez extraordinaire à
l'un de ces deux Malheureux,
dont l'execution fut faite à Mende : Le premier qui fut mené
au gibet, mourut dans l'entê-
tement de sa Religion : L'autre,
qui estoit un Jeune-Homme de
trente-ans, assez bien fait, se
convertit sincérement. Les Pe-
nitens blancs de cette Ville, en
faveur de sa conversion, voulurent bien prendre le soin de
ses funerailles ; & l'emporterent,
aprés que l'execution eut esté
faite. Dans le temps qu'ils se

preparoient à l'enterrer, il donna quelque figne de vie : on en
prit foin ; il revint entierement.
Le Prévoft du Lieu, qui en fut
averti, voulut le reprendre : on
le cacha ; & on le fit évader.
Quelque temps aprés, il donna
tant de marques de repentir de
fes crimes, & on le reconnut
fi confirmé dans la Foy Catholique, qu'on crut devoir demander fa grace au Roy : elle
lui fut accordée ; & il s'enrola
pour Soldat, afin de confacrer
fa vie au fervice de celui qui
la lui avoit donnée.

Mr. de Bafville eftoit alors à
Alais : Il y jugea, & condamna
à la roüe, quatre des plus grands
Scelerats des Cevenes, dont il
y en avoit un qui fe faifoit appeller *Sans-quartier*, & fe di-
foit Chef de Brigade : il mourut en enragé, fans aucun fen-

timent de Religion. Les Fanatiques, dont les cruautez continuoient toûjours, en repre-
saille de ces quatre Scelerats,
égorgerent à la Calmete quatre Anciens-Catholiques : Et les
Catholiques de leur costé, faisant main-basse sur les Nou-
veaux - Convertis, en tuerent
quatre à St. Florans. On pré-
noit toutes les mesures possibles,
pour empêcher la continuation
de ces fureurs reciproques : mais,
les Catholiques avoient tant
souffert, qu'on avoit toutes les
peines du monde à les contenir
dans les bornes d'une legitime
deffense.

Mr. le Maréchal, ayant fait
reflexion que les punitions par-
ticulieres faisoient peu d'effet,
& qu'il n'y avoit que les generales qui fissen impression sur
l'esprit des Rebelles, donna une

Ordonnance contre les Communautez, pour les rendre responsables de tous les crimes qu'on commettroit à l'avenir : Mais, voyant que malgré cette Ordonnance, elles persistoient toûjours à favoriser les Rebelles attroupez, à leur fournir des vivres, & à leur donner tous les secours dont ils avoient besoin, il avoit formé le dessein de se faire donner par chaque Communauté des Religionaires en ostage, & d'en faire pendre deux pour un Ancien-Catholique qui se trouveroit massacré : il avoit même écrit en Cour pour faire approuver ce projet ; mais Mr. de Basville trouva cette condition trop violente, & fut d'avis d'executer auparavant à la rigueur l'Ordonnance ci-dessus, & son sentiment fut suivi.

H iij

Il est vrai que ce qui entretenoit les desordres, estoit l'a-
charnement des Communautez
à tenir la main aux Fanatiques,
malgré les peines où elles s'ex-
posoient ; & l'on connut enfin,
que pour remedier à un si grand
mal, on seroit forcé d'avoir re-
cours aux remedes les plus vio-
lens.

Cependant, avant que d'en
venir là, Mr. le Maréchal voulut encore essayer des moyens
plus doux : Il établit par tout
des Troupes, avec des Officiers
pour les faire agir dans chaque
Canton : il leur donna des Instructions, pour visiter toutes les
Parroisses, y faire des Etats de
ceux qui auroient quitté leurs
Habitations, annoncer les dernieres peines aux Parens qui ne
les feroient pas revenir dans huit
jours ; & donna ordre en mê-

me-temps , de faire chercher
de toutes parts les Rebelles attroupez , & de les pourſuivre
avec vivacité : il envoya pour
cela pluſieursDétachemens dans
le Diocéſe de Beziers , où il eut
avis qu'ils s'eſtoient refugiez ;
& alla lui-même du coſté de
St. Hipolite , pour agir dans le
Canton qui eſt entre Quiſſac
& Sommieres , où le reſte de
la Troupe qu'il avoit battuë
depuis peu s'eſtoit retiré , à
cauſe des Bois , des Retraites
& des Aziles qu'ils y trouvoient.

Tous ces mouvemens furent
preſque inutiles : On avoit beau
pourſuivre les Rebelles , & faire
des battuës generales dans les
quatre Dioceſes qui eſtoient les
Theatres de leurs cruautez , ils
ſe cachoient ſi bien par petites
Troupes , dans des Païs où tout
les favoriſoit , qu'il eſtoit im-

poſſible de les joindre ; & tout ce qu'on put faire, fut d'y renouveller les deffenſes de leur fournir des vivres, ſous les dernieres peines, afin de tâcher de faire perir par la faim, ceux qu'on ne pouvoit punir autrement.

En ce temps là, ceux qui favoriſoient la revolte, & qui ne ſe ſoucioient pas de ruiner la Province, pourveu qu'ils vinſſent à bout de leurs deſſeins, s'aviſerent de faire courir le bruit, que cette année-là il n'y auroit point de Foire à Beaucaire ; & cette nouvelle ſe répandit ſi vite de tous coſtez, que la plûpart des Marchands, qui ont accouſtumé de s'y rendre de preſque tous les endroits de l'Europe, doutoient déja s'ils devoient y aller.

Mr. de Baſville n'en fut pas

pluftoft averti, que prévoyant
de quelle conféquence il eftoit
de defabufer tout le monde de
ce faux bruit, il donna une Ordonnance, qu'il prit foin de faire
publier par tout, afin de faire
fçavoir le contraire : Et écrivit
même à Mrs. les Intendans des
autres Provinces, de détromper
tous les Negocians : de les affurer, qu'ils n'avoient rien à
craindre; & qu'on donneroit de
fi bons ordres, & fur leur route, & fur les Lieux où cette
celebre Foire devoit fe tenir,
que rien ne feroit capable d'en
troubler la tranquilité.

Ce fut à-peu-prés en ce tems-
là, que par les recherches continuelles qu'on faifoit de tous
coftez, on arrefta auprés de
Nîmes plufieurs Scelerats, entr'autres quelques-uns de ceux
qui avoient affaffiné le Sr. de

H v

St. Cosme , & l'Homme d'affaires de Mr. le Comte de Cal-
visson : Le Présidial de cette
Ville leur fit le Procés. Ces
Bandits se retiroient & se tenoient cachez dans le Maréca-
ges qui sont du costé d'Aygues-
Mortes, & commençoient à former une nouvelle Troupe de
Meurtriers qui auroit fait bien
de maux. Mr. le Maréchal fit
aussitost aller des Troupes de ce
costé-là, afin de purger entierement le Païs de ces Bandits
aquatiques, qui auroient peut-
estre esté aussi dangereux que
ceux des Montagnes.

Le Sr. de St. Chate, que la
débauche & le desordre de ses
affaires avoient jetté , comme
nous avons dit , parmi les Fanatiques, s'ennuyant sans-doute
d'estre en si mauvaise Compagnie , fit prier Mr. le Maréchal

& parler à Mr. de Bafville, pour obtenir fon pardon du Roy, promettant d'abandonner les Rebelles, fi on daignoit inter-ceder pour lui. On lui fit ré-ponfe, que fes crimes eftoient trop grands pour eftre pardon-nez ; & qu'avant qu'on ofaft feulement prononcer fon nom, il falloit qu'il trouvaft le moyen de faire tomber nos Troupes fur les Revoltez, ou de nous livrer leurs Chefs. Nous ver-rons dans la fuite, quel parti lui fit prendre la reflexion qu'il fit fur cette réponfe : Cepen-dant, on ne laiffa pas de faire tout ce qu'on put, pour dé-couvrir où il eftoit, afin de l'arrefter ; & on commença à lui faire le Procés par contu-mace.

Celui du Sr. de Salgas eftoit affez avancé, & prefque preft

H vj

à eſtre jugé. Mr. de Baſville,
qui y travailloit lui-même avec
beaucoup de ſoin, oüit alors à
Alais, un Gentilhomme, appellé *Montrodat*, qui avoit
ſervi aſſez long-temps dans les
Mouſquetaires, & avoit eſté
depuis Major d'un Regiment
d'Infanterie. Il dépoſa, qu'é-
tant allé à Florac, avec quarante Païſans de ſa Terre, dans
le temps qu'il n'y avoit pas encore des Troupes dans ce Canton, & que ce Lieu eſtoit menacé par les Rebelles, le Sr. de
Salgas l'eſtoit venu trouver,
pour le diſſuader de continuer
dans cet emploi ; lui diſant,
que cela ne lui faiſoit pas hon-
neur ; qu'il ne devoit pas ſe mê-
ler des affaires de ces Gens-là,
parlant des Fanatiques ; *qu'il*
devoit les laiſſer faire, penſer à
ſa Famille, & à ſa Maiſon, qui

pouvoit bien eftre bruflée : A quoi
le Sr. de Montrodat répondit,
que tous les emplois eftoient hono-
rables, quand on fervoit fon Prin-
ce ; & que puifqu'il hazardoit fa
perfonne, il pouvoit bien hazarder
fes biens. Ces difcours, pleins
de venin , d'un cofté , & de
l'autre, de genereux fentimens,
furent encore oüis & dépofez
par une Demoifelle, chez laquelle le Sr. de Salgas eftoit allé
exprés, pour parler au Sr. de
Montrodat.

Quelques jours aprés , cet in-
fortuné Huguenot, qui avoit
efté affez imbecille pour fe laiffer feduire par Caftanet, fut
convaincu d'avoir prefté fon
Chafteau aux Affemblées des
Fanatiques, d'y avoir affifté,
d'avoir eu fouvent des fecretes
conferences avec ce Prédicant
infenfé ; & il fut condamné aux

galeres : Sa naiſſance , ſon âge,
ſa famille , & les biens aſſez
conſidérables qu'il avoit, l'auroient fait regreter de tout le
monde , ſi quelque temps aprés
ſon Jugement, l'on n'euſt dé-
couvert , qu'il avoit eu part à
des crimes qui meritoient les
plus grands ſupplices.

Quoique les avantages que
l'on avoit remportez ſur les Fanatiques , toutes les fois qu'ils
avoient oſé paroiſtre en Campagne par groſſes Troupes, leur
euſſent fait prendre le parti de
ſe diviſer par Pelotons ; neanmoins ils ne laiſſoient pas de ſe
joindre quelquefois , & de former des Corps aſſez nombreux :
C'eſt ce que fit Cavalier auprés
de Luſſan , où il aſſembla tout-
d'un-coup , une Bande de huit
ou neuf cent Scelerats ; médi-
tant peut-eſtre d'avoir la revan-

che de sa derniere déroute à
la Tour de Belot.

Mr. de Gevaudan Maréchal
de Camp , qui estoit à Usés,
en fut aussitost averti ; & les
alla chercher , avec quelques
Compagnies des Dragons de la
Province , & le Regiment de
Marsily : Il les rencontra dans
un Valon au bord d'un Ruis-
seau, où ils faisoient alte , &
se rafraichissoient : il les fit enveloper de tous costez , & les
chargea brusquement : Ils s'é-
toient rangez en bataille , mais
ils firent peu de resistance ; &
aprés avoir fait leur décharge,
ils furent rompus, & prirent la
fuite. Il en demeura environ
deux cent sur la place : On les
poursuivit dans les Bois où ils
se jetterent, & où il y en eut
encore plusieurs tuez & blessez.
Nous y perdimes sept ou huit

Dragons : Le Sr. de la Tude, l'un de leurs Capitaines, y fut blessédangereusement d'un coup de fusil au travers du corps, dont il fut pourtant gueri heureusement quelques jous aprés.

La Province de Languedoc fit en ce temps-là une perte, qui l'affligea presqu'autant que les maux qu'elle souffroit par les ravages des Fanatiques : Ce fut la mort de l'illustre Cardinal de Bonsy, qui estoit depuis si long-temps à la teste de ses Estats : servant le Roy avec zéle : aimé generalement de tout le monde ; & que nous pleurerions encore, si Sa Majesté n'avoit mis en sa place un Prélat, dont les grandes qualitez nous consolent tous les jours de celui que nous perdimes alors.

Malgré toutes les précautions

que l'on prennoit, & les mouvemens continuels de nos Troupes, la fureur du Fanatifme
s'empara fi fort de tous les Ef-
prits dans les Cevenes, pendant
les mois de Juillet, Aouft &
Septembre de 1703. que fi par
malheur le Ciel fe fuft alors
déclaré contre nous fur nos
Frontieres, comme il le fit quelque temps aprés, il euft efté à
craindre que le feu de la revolte, qui devoroit ce trifte Païs,
n'euft embrafé toutes les Provinces voifines.

Mais heureufement la France
triomphoit encore alors par tout
où elle portoit fes Armes : Et
la Renommée apprit en ce même-temps aux Rebelles, que le
Maréchal de Villars avoit paffé
le Rhin ; battu le Prince Loüis
de Bade ; forcé les paffages de
la Foreft Noire ; joint le Duc

de Baviere, & porté la terreur
jufqu'aux Portes de Vienne. Que
d'un autre cofté, il ne fe paffoit prefqu'aucun jour, que le
Duc de Vendôme ne prift quelque Place en Italie, ou ne rem-
portaft quelque victoire fur le
Prince Eugene : Et qu'enfin,
Mgr. le Duc de Bourgogne,
que la France a perdu depuis,
& pleure encore, venoit de fi-
gnaler fes premieres armes, par
la prife de la fameufe Ville de
Brifac ; dont l'importante con-
quefte avoit étonné toute l'Europe, & confterné les Nations
liguées contre nous.

Ces grandes nouvelles, qui
volerent alors par tout, & que
les Rebelles apprirent avec regret, ralentirent donc un peu
l'impetuofité de leur fureur ; en
leur faifant comprendre, que
les Ennemis du Roy, qui étoient

fi maltraitez de toutes parts, n'eftoient guere en eftat de leur envoyer ces fecours qu'on leur faifoit attendre, & dont la fla‑teufe efperance entretenoit leur opiniâtreté dans la revolte, mal‑gré les châtimens, les fupplices, & tous les malheurs où ils étoient expofez.

Il y eut alors quelque tran‑quilité dans les Montagnes des Cevenes; mais les meurtres & les incendies continuoient dans la Plaine, dans la Vau Nage, & aux environs de Nîmes : Et quoique les Détachemens des Dragons qu'on y avoit mis, couruffent inceffament de tous coftez, pour empêcher ces cri‑mes, ou pour tomber fur ceux qui les avoient commis, il leur eftoit impoffible de les furpren‑dre; parceque c'eftoient ordi‑nairement les Habitans eux‑

mêmes, qui fortoient de nuit de leurs Maifons, comme nous l'avons dit, pour faire ces ravages, & puis y retournoient tranquilement aprés les avoir faits.

Si quelque Troupe de Fanatiques ofoit paroiftre de jour ou de nuit, elle eftoit auffitoft pourfuivie : Et Mr. de Grandval, Brigadier des Armées du Roy, qui eftoit pofté à Lunel, ayant efté averti qu'il y en avoit une prés de Bernis, qui eft fitué entre Nîmes & Montpellier, il l'alla chercher la joignit, & la chargea fi vivement, qu'il en tua plufieurs, & difperfa tous les autres.

Cependant, Mr. le Maréchal, aprés avoir vifité le Port de Cette & nos Coftes, pour empêcher les defcentes dont on eftoit menacé, pourvut auffi à la ſureté de la Foire dont nous avons parlé, en établiſſant des Poſtes depuis Montpellier juſ-qu'à Beaucaire, & de là juſ-qu'au St. Eſprit; & y alla lui-même, afin qu'il n'y arrivaſt aucun deſordre, & que le Commerce y fuſt libre.

Tandis qu'il faiſoit ces cho-ſes, Mr. de Baſville de ſon cô-té, fit une découverte qui fut de la derniere conſéquence, & qui affoiblit extrémement les Fanatiques: Il avoit fait juſqu'a-lors, comme nous l'avons dit, tout ce qu'il avoit pû, pour empêcher qu'ils n'euſſent de la poudre; mais il n'avoit encore eu que des ſoupçons contre ceux qui la leur fourniſſoient : il le découvrit alors à fonds : Il ſçut que *Bermond* Salpêtrier de Nî-mes, *Jonquet*, deux autres Hom-mes, & deux Femmes auſſi, fai-

foient ce commerce : il les fit
tous arrefter. Ces deux premiers
furent condamnez à la roüe,
leurs Maifons rafées ; les quatre
autres au gibet.

Quoique le fpectacle de fix
Perfonnes executées en un même jour , fuft un exemple terrible , le crime qu'ils avoient
commis parut d'une trop grande
conféquence à Mr. de Bafville,
pour n'en faire pas une recherche plus exacte : Il cava cette
intrigue avec tant de foin , qu'il
démêla tous les Complices de
ceux qu'on avoit punis , & découvrit, que deux Poudriers du
Comtat d'Avignon y avoient
part , & qu'un nommé *Jofeph*,
Sujet du Roy, recevoit la poudre de leurs mains : Il fit demander ces trois Malheureux à
Mr. le Vice-Legat : ils furent
arreftez , & condamnez au

même supplice.

L'on fit alors aussi une capture très-importante de deux Gentilshommes du Vigan, Nouveaux-Convertis, qui avoient chacun sept ou huit cent livres de rente : L'un s'appelloit *Bonnel*, & avoit esté quatre ans dans les Gardes du Roy : l'autre se nommoit *La Rode*, & avoit fait quelques Campagnes en qualité de Volontaire : Ils furent convaincus d'avoir esté parmi les Fanatiques, & d'avoir bruslé des Maisons & des Eglises. On les condamna à avoir la teste tranchée : Bonnel mourut Catholique : l'autre en enragé, & sans Religion.

C'étoient deux Hommes hardis, & plus capables de commander, que tous les autres Chefs des Rebelles, sans excepter le fameux Cavalier : Leur

deffein eftoit, fuivant qu'ils le déclarerent, de former une groffe
Troupe, & de paffer en Roüergue pour y porter la revolte.

J'ennuyerois le Lecteur, fi je
voulois faire ici un détail exact
de tous ceux qui furent arrêtez
& punis; car il ne fe paffoit
prefqu'aucun jour, qu'on ne fift
des exemples de plufieurs de ces
Miferables: mais, je ne ferai
mention que des principaux; &
dirai feulement, que l'on arrêta
auffi alors trois des plus mé-
chans Hommes qui fuffent parmi les Revoltez.

L'un eftoit, le nommé *Bou-*
fanquet, infigne Meurtrier, &
Chef de ceux qui avoient affaffiné le Sr. de St. Cofme: l'autre eftoit, *Blavignac*, connu par
une infinité de cruautez; & le
dernier, *Berandon*, qui ne ce-
doit pas aux deux autres en
méchanceté:

méchanceté : Ils furent tous trois condamnez au supplice de la roüe. Mais, afin qu'on puisse juger de la ferocité brutale des Fanatiques, je ne dois pas oublier de dire ici, qu'aprés que l'on eut interrogé ce dernier, quand il se vit convaincu de ses crimes, il se coupa la moitié de la langue avec les dents, & se donna un coup de coûteau dans le ventre.

Pour délasser mes Lecteurs, & effacer les tristes impressions que le recit de tant de supplices peut avoir fait sur leurs esprits, je croi qu'ils me sçauront quelque gré de leur raconter ici, de quelle maniere Mr. de Basville s'avisa alors de punir un crime assez bizarre ; & pour la punition duquel, je ne sçai quelles peines peuvent avoir imposées les Legislateurs.

L

Un Procureur de Nîmes, Nouveau - Converti, appellé *Raymond*, pour empêcher la levée de la Capitation dans le Vivarés, s'aviſa d'écrire à un de ſes Amis à Aubenas, que cette année-là, le Roy en avoit déchargé les Peuples de ce Païs pour les recompenſer d'avoir demeuré fidéles à ſon Service: Cette Lettre porta un trés-grand préjudice à la levée de ce Droit, parceque l'Ami du Procureur répandit par tout ce faux bruit. Mr. de Baſville en fut averti : Peut-eſtre n'y auroit-il pas fait beaucoup d'attention, ſi quelqu'autre avoit écrit cette fauſſe nouvelle : mais il ne douta point qu'un Homme de ce caractere, n'euſt eu quelque mauvais deſſein en l'écrivant ; & pour l'en punir il le condamna à aller lui-même

defabufer, non-feulement celui
à qui il l'avoit écrite, mais encore tous ceux à qui fon Ami
l'avoit mandée : Et pour cet
effet, il lui envoya le Prévoft
avec trois Archers, qui le prirent chez lui ; & après l'avoir
mené à Aubenas, & promené
à fes dépens dans tout le Vivarés, le ramenerent dans les
Prifons, où on le retint quelques jours, pour le laiffer repofer de fa courfe, & lui faire
expier tout ce qu'il y avoit de
malin dans fon intention.

On avoit mis alors à Vic,
Lieu dont on avoit fujet de fe
défier, trois Compagnies, pour
veiller à la fureté de ce Canton. Les Fanatqiues envoyerent
défier au combat, celui qui les
commandoit; & lui firent dire,
que s'il vouloit fortir avec trente
Hommes, ils l'attendroient avec

un pareil nombre des leurs : Il
fut affez imprudent pour le faire ; mais il ne fut pas pluftoft
au rendés-vous , que plus de
deux cent de ces Brigands fondirent fur fa petite Troupe ,
l'enveloperent, & la chargerent de tous coftez. On lui tua
dix Hommes : Son Lieutenant
fe retira avec le refte dans une
Maifon voifine, s'y deffendit en
brave Homme, tua une vingtaine de ces Scelerats, obligea
les autres à l'abandonner , & à
s'aller cacher dans le Bois du
Lin, qui eft d'une fi vafte étenduë & fi impraticable , qu'il fut
impoffible aux Troupes qui furent commandées pour les aller charger, de les trouver, quelque exacte perquifition qu'elles
puffent faire.

En ce temps là , une autre
Bande de ces Màlheureux, d'en-

viron cent cinquante, sortit brusquement du Bois de Mont-clus, pour aller ravager le Païs : Ils rencontrerent malheureusement sur le soir, une Troupe de Moissonneurs de l'Abbaye de Valsauve, qui revenoient de leur travail. Ces pauvres Gens, qui ne se messloient point des affaires des Fanatiques, marchoient sans précaution & sans crainte, se reposant sur leur innocence, & ne songeant qu'à s'aller délasser chez eux des fatigues de la journée : mais, ces Ames feroces & alterées de sang, ne les eurent pas plustost apperçus, qu'ils fondirent dessus, comme s'ils eussent rencontré leurs plus cruels Ennemis ; & à coups de fusils & de haches, en tuerent une quinzaine, & en blesserent plusieurs, qui se sauverent comme ils purent.

Ce fut en ce temps-là, que Mr. Eſprit Flechier, pour lors Evêque de Nîmes, qui eſt mort depuis peu, mais dont le nom & les Ouvrages ne mourront jamais, adreſſa aux Eccleſiaſtiques de ſon Diocéſe, une Lettre Paſtorale ; dans laquelle les ravages des Fanatiques ſont peints avec des couleurs ſi vives, que je croi que mes Lecteurs feront bien aiſes de les voir ici.

,, "MES TRES-CHERS FRERES,
,, leur diſoit il, la perſecution
,, qui s'eſt élevée dans nos Egli-
,, ſes, nous a eſté d'autant plus
,, ſenſible, qu'elle a commencé
,, par la Maiſon de Dieu, je
,, veux dire par la deſolation,
,, & par le meurtre de ſes Mi-
,, niſtres. Les Preſtres, ces Oints
,, du Seigneur, qu'il a deffendu
,, de toucher, & qu'il a tenu de

tout temps sous sa Protection «
particulière, ont esté les pre- «
mières Victimes que les Fa- «
natiques ont égorgées. «

   L'orage avoit long-temps «
grondé sur les Montagnes, «
nous en estions aussi menacez «
dans la Plaine. La mort fu- «
neste, mais bien-heureuse d'un «
Abbé, qui s'estoit dévoüé dés «
la jeunesse aux Missions Evan- «
geliques, fut le premier coup, «
qui servit comme de signal, «
pour la revolte generale dans «
vos Parroisses. Vous vîtes alors, «
Mes tres - chers Freres, «
parmi ces Peuples nouvelle- «
ment réunis, des mouvemens «
qui vous firent craindre pour «
la Religion, pour eux, pour «
vous-mêmes. Ils écouterent la «
voix trompeuse des Seducteurs. «
Le souffle du Démon leur pa- «
rut une inspiration du St. El- «

,, prit. Ils apprirent à leurs En-
,, fans l'Art de trembler, & de
,, prédire des choſes vaines. Il
,, ſe forma dans leurs Aſſem-
,, blées des conſpirations, & des
,, complots d'iniquité, au milieu
,, même de leurs Priéres. Vos
,, Egliſes dévinrent deſertes, la
,, Parole de Dieu eſtant negli-
,, gée, l'ignorance ſe trouva
,, jointe à la malice; les Cœurs
,, s'endurcirent de plus en plus;
,, les Lumiéres de la Foy s'étei-
,, gnirent; la Religion ſe per-
,, dit, & la fureur enfin prit la
,, place de la raiſon.
,,   Dans cette ſoudaine revo-
,, lution nous avons pleuré nos
,, malheurs, & Dieu n'a pas
,, eſté touché de nos larmes.
,, Vous avés perdu preſqu'en
,, même-temps la liberté de vos
,, fonctions, & la ſureté de vos
,, perſonnes. Tous les Nouveaux-

Réunis qui compoſoient preſ- «
que vos Parroiſſes, ſe ſepare- «
rent de vous tout-d'un-coup. «
Ceux qui avoient eſté me- «
chans ſe fortifierent dans leur «
malice. Ceux qui ne l'eſtoient «
pas par naturel, le dévinrent «
par contagion. Quelques-uns «
qu'on avoit regardez comme «
Bons, ou ne le furent plus, «
ou n'eurent pas le courage de «
le paroiſtre. L'iniquité ſortit «
du fond d'une longue hypo- «
criſie d'autant plus violente, «
qu'elle avoit eſté contrainte. «
A peine trouviés-vous par-ci «
par-là, quelques Brebis qui «
connuſſent, & qui écoutaſ- «
ſent la voix du Paſteur. Vô- «
tre Peuple ceſſoit d'eſtre vô- «
tre Peuple, & vous aviés rai- «
ſon de craindre que vos pro- «
pres Parroiſſiens ne devinſſent «
enfin vos Parricides. «

„ Déja dans les Diocéses voi-
„ fins , cette Secte meurtriére
„ faifoit couler le fang des Prê-
„ tres , perçant les uns de mille
„ coups , bruflant les autres à
„ petit feu , égorgeant quel-
„ ques uns prefqu'à la vûë des
„ Autels, où ils venoient d'of-
„ frir le St. Sacrifice ; & pour
„ comble d'impieté , écorchant
„ ces Teftes venerables qui por-
„ toient la Couronne du Royal
„ Sacerdoce, coupant ces Doigts
„ confacrez par les Onctions,
„ & par l'attouchement des SS.
„ Myftéres , & déchirant les
„ Lévres encore teintes du Sang
„ de l'Agneau fans tache, pour
„ avoir le plaifir de les dégra-
„ der inhumainement , & de
„ leur ofter avec la vie , tout
„ ce qui pouvoit avoir fervi à
„ exercer les fonctions de leur
„ Preftrife.

Quelle fut noſtre douleur «
& noſtre inquietude , MES «
TRES-CHERS FRERES , lorſque «
nous apprimes qu'on égor- «
geoit les Preſtres de tous cô- «
tez ; qu'une Troupe effrayée «
de Paſteurs , & d'Ouvriers «
Evangeliques , fuyoit devant «
la face de l'Ennemi , & que «
le Fleau de Dieu deſcendoit, «
& approchoit de nos Taber- «
nacles. Vous craignîtes , & «
nous craignîmes pour vous «
auſſi. Preſts à prendre part à «
vos dangers , pour le ſecours «
& pour la conſolation de vos «
Peuples , ou à vous appeller «
auprés de nous , pour nôtre «
ſureté commune , nous con- «
ſultâmes voſtre courage. «

Quelques-uns fermes dans «
la Foy & dans le Service de «
leurs Parroiſſes , ont reſiſté au «
Démon , qui comme un Lyon «

I vj

„ rugiſſant, cherchoit tous les
„ jours à les dévorer. Ils ont
„ craint d'eſtre Mercenaires,
„ s'ils fuyoient à l'approche du
„ Loup, & s'ils abandonnoient
„ leurs Brebis. Ils ont crû que
„ ni la tribulation, ni l'angoiſſe,
„ ni la perſecution, ni le glaive,
„ ne devoient pas les ſeparer
„ de la Charité de JESUS-CHRIST:
„ que leur vie ne leur eſtoit
„ pas plus précieuſe que leur
„ ſalut, dans l'accompliſſement
„ de leur Miniſtére : qu'ils te-
„ noient à leurs Peuples par des
„ liens indiſſolubles ; & ramaſ-
„ ſant quelques petits ſecours,
„ levant les yeux au Ciel, d'où
„ viennent les grands, au mi-
„ lieu des perils qui les mena-
„ çoient, *ils ont fait*, comme
„ David, *au dedans d'eux-mêmes,*
„ *cette Priére au Dieu de leur*
„ *vie : Mon Dieu vous êtes mon*

Deffenseur & mon Refuge. Nos «
Archiprestres ont donné l'e- «
xemple ; plusieurs l'ont suivi, «
& nous avons beni le Seigneur «
qui donnoit ce courage & «
cette, force à ses Serviteurs. «

Soit que vous n'ayés pas «
trouvé les mêmes protections, «
Mes tres-chers Freres, soit «
que vous n'ayés pas eu la mê- «
me constance, vous avés crû «
pouvoir ceder aux malheurs «
du temps. Vous étes devenus «
inutiles dans vos Parroisses, «
où vous pouviés à peine exer- «
cer, à cause de l'indocilité «
des Esprits, un reste de fonc- «
tions infructueuses. Vous al- «
liés tomber sous le glaive du «
barbare Persecuteur. Le petit «
nombre de Fidéles qui s'unis- «
soit avec vous, alloit subir la «
même peine, & vous aviés «
sujet de craindre les cruautez «

„ qu'on vous preparoit, ou cel-
„ les dont on menaçoit les Ca-
„ tholiques.

„ Quoiqu'il en soit , MES
„ TRES - CHERS FRERES,
„ vous vivés, tristes Témoins de
„ la desolation de vos Parrois-
„ ses. Vous voyés de loin fu-
„ mer les pitoyables restes de
„ vos Eglises. Ces Chaires d'où
„ vous aviés tant de fois an-
„ noncé les Véritez Evangeli-
„ ques : Ces Autels où vous
„ offriés tous les jours le Sacri-
„ fice de l'Agneau sans tache :
„ Ces Tabernacles d'où vous ti-
„ riés ce Pain de vie, qui descend
„ du Ciel pour la nourriture des
„ Ames : Ces Ornemens & ces
„ Habits sacrez qui servoient à
„ parer la Sainte Sion dans ses
„ jours de solemnité, ou à ren-
„ dre le Sacerdoce plus vené-
„ rable dans la celébration des

Saints Mystéres : Ces Tribu- «
naux où vous avés peut estre «
reconcilié les Pecheurs mê- «
mes qui vous affligent : Ces «
Images des Saints, la plûpart «
Martyrs, dont la vûë est au- «
jourd'hui si nécessaire, ou pour «
implorer leurs intercessions, ou «
pour imiter leurs exemples. «
Tous ces Ouvrages faits de «
main d'Homme, à la vérité, «
mais consacrez au Dieu Eter- «
nel, composent ce bucher fa- «
tal, & servent de matiére à «
ces incendies sacriléges. «

Ce qui vous a sans-doute «
le plus touché, c'est la cessa- «
tion du Service Divin. Toute «
la Religion semble estre sortie «
avec vous de vos Parroisses. «
Les Loüanges de Dieu ne s'y «
chantent plus. Le Sacrifice «
perpetuel y est interrompu. «
L'Esprit de Priére y est éteint. «

„ Il n'y a point de Foy dans
„ ces Contrées d'Iſraël. La Pa-
„ role de Dieu en eſt bannie.
„ Perſonne ne rompt le Pain,
„ perſonne même ne le deman-
„ de. Les Aſſyriens ont coupé
„ tous les Canaux qui portoient
„ les Eaux de la grace dans
„ Bethulie. Ni Pluye ni Roſée
„ ne tombent plus ſur les Mon-
„ tagnes de Gelboë, & l'abo-
„ mination de la deſolation re-
„ gne par tout dans le Sanc-
„ tuaire.

„　　Quelque douleur que nous
„ ayons eu, de vous voir hors
„ de vos Egliſes, nous avons
„ reſſenti quelque conſolation
„ de vous voir hors de danger
„ autour de nous. Vos Défen-
„ ſeurs, ſi vous en aviés, avoient
„ eux-mêmes beſoin de défenſe.
„ Le petit nombre eſtoit oppri-
„ mé par la multitude. Le zéle

de la Religion ne pouvoit tenir contre la fureur des Impies. La haine qu'on vous
portoit retomboit fur ceux qui
paroiffoient vos Amis ; & vous
qui exerciés un Miniftére de
vie, déveniés par occafion des
Inftrumens de mort, à l'égard
des Fidéles de vos Parroiffes.
Ainfi, voftre préfence eftant
dangereufe pour vous, & nui-
fible aux autres, vous avés
crû que voftre fuite eftoit
neceffaire.

Vous nous repréfentés ces
raifons, Mes tres-chers
Freres, & vous nous de-
mandés d'approuver vos crain-
tes & voftre retraite. C'eft
à vous à connoiftre vos devoirs, & à les remplir avec
courage. C'eft à nous à examiner vos dangers, & à vous
en tirer avec prudence. Nous

,, vous devons la Justice & la
,, Charité, comme vous les de-
,, vés aux Ames qui vous sont
,, commises ; & dans ce temps
,, de calamité, nous sommes ré-
,, duits à plaindre le malheur
,, des Troupeaux, & à compa-
,, tir même à l'infirmité des
,, Pasteurs.

,,   C'est dans cette vûë, MES
,, TRES-CHERS FRERES, que nous
,, vous avons appellez auprés de
,, nous, afin qu'estant sous nos
,, yeux, vous puissiés recevoir
,, de nous les consolations né-
,, cessaires ; & que vous trou-
,, vant dans le centre du Dio-
,, cese, vous puissiés entretenir
,, des Correspondances utiles à
,, ce qui reste de Fidéles dans vos
,, Parroisses. Aussi vous avons-
,, nous souvent rassemblez, pour
,, concerter avec vous les mo-
,, yens d'assister les Pauvres, de

conforter les Pufillanimes, de «
ramener même les Coupables. «
Nous avons rallumé de temps «
en temps le zéle de quelques- «
uns, par les confidérations de «
leur Etat , & par les exem- «
ples de leurs généreux Con- «
fréres ; les invitant d'aller vi- «
fiter leurs Troupeaux dans ces «
intervalles de Paix , où l'é- «
loignement des Rebelles , & «
la protection des Troupes du «
Roy, ont laiffé quelque re- «
pos , & quelque liberté de «
travailler au falut des Ames. «
Nous vous avons tous exhor- «
tez de *veiller* & *prier* dans ces «
jours de tentation, & de re- «
connoiftre que fi vous n'étes «
pas obligez de mourir , vous «
étes du moins obligez de vi- «
vre pour Dieu & pour les «
Hommes dont fa Providence «
vous a chargez.   «

„ La Misericorde du Seigneur
„ sur nous, peut-estre aussi l'at-
„ tention que vous avés euë sur
„ vous mêmes, vous ont tirez
„ des perils qui vous mena-
„ çoient. Tandis qu'ailleurs il
„ en a coûté le sang à tant de
„ Prestres, nous n'en avons per-
„ du qu'un seul. Nostre Clergé
„ n'a fourni qu'une Victime aux
„ Persecuteurs. C'est pour nous
„ une consolation ; nous ne sça-
„ vons si c'est une loüange pour
„ vous.

„ Quant aux Regles de con-
„ duite qu'il vous convient de
„ garder, MES TRES-CHERS
„ FRERES, dans de si tristes con-
„ jonctures ; ceux que Dieu, par
„ sa grace, a retenus dans leur
„ residence, & dans le Service
„ de leurs Eglises, doivent gé-
„ mir en secret, & pleurer les
„ pechez & les afflictions du

Peuple ; s'acquiter des devoirs «
de leur Ministére , avec d'au-«
tant plus d'exactitude & de «
pureté , qu'ils sont tous les «
jours menacez de les inter-«
rompre ; se réunir plus étroi-«
tement à leurs Troupeaux par «
les liens d'une charité & d'une «
compassion mutuelle ; adoucir «
les pertes & les inquiétudes «
des uns par les secours de la «
misericorde Chrestienne ; ra-«
nimer la ferveur des autres «
par la vertu des Sacremens, «
& par la consolation des Ecri-«
tures ; former enfin en tous «
des Cœurs contrits & humi-«
liez, afin d'appaiser la colére «
de Dieu par les pratiques de «
la Penitence. «

Pour vous, Mes tres-chers «
Freres , que la persecution a «
fait sortir de vos résidences , «
& qui soupirés aprés le réta-«

,, blissement du Culte Divin
,, dans vos Parroisses, vous de-
,, vés vous regarder comme des
,, Prestres exilez, ou interdits
,, de vos fonctions, & porter
,, avec vous la honte & la con-
,, fusion de vostre fuite, quoi-
,, que raisonnable. Chacun de
,, vous se doit dire à lui-même
,, ces paroles du Prophéte : *Où*
,, *est le Troupeau qui t'avoit esté*
,, *confié ?* Et ne pouvant le nour-
,, rir au dehors par vos Instruc-
,, tions, vous devés au moins
,, l'entretenir au dedans de vous,
,, par vostre affection, & par
,, vos Priéres, &c. "

Tandis que cet illustre Prélat instruisoit les Ecclesiastiques
de son Diocése de la maniere
que nous venons de voir, les
incendies des Eglises, les massacres des Prestres & des Anciens Catholiques continuoient.

On avoit beaucoup de Troupes : mais, le Païs revolté eſtoit ſi vaſte, qu'il reſtoit toûjours quelque vuide ; & c'eſtoit là, que les Fanatiques faiſoient leurs coups.

On ne ſçauroit raconter ſans fremir, les cruautez horribles qu'ils exercerent alors aux Villages de Potelieres, de St. Ceryés & de Saturargues. Ces Enragez, commandez par Cavalier & par Roland, au nombre de cinq ou ſix cent, dont il y en avoit une partie à cheval, ayant épié le temps que nos Troupes eſtoient éloignées, ſe jetterent, en deux differentes nuits, ſur ces trois malheureux Villages, qui eſtoient peuplez d'Anciens-Catholiques, & y mirent tout à feu & à ſang. Preſque tous les Habitans, Hommes, Femmes, Enfans, Vieil-

lards, fans diftinction d'âge ni
de fexe, y perirent de la ma_
niere du monde la plus affreufe:
Sept ou huit Femmes enceintes,
y furent éventrées : Plus de
vingt Enfans, de tout âge, y
furent mis en pieces à coups de
haches, ou bruflez vivans fur
les corps morts de leurs Peres
& Meres, qu'on avoit marty_
rifez de même. Ces maffacres
horribles furent faits à la lueur
des flammes, qui réduifoient en
cendres les Eglifes & les Maifons, tandis que ces Monftres
immoloient à leur fureur tant
d'innocentes Victimes. Les hur-
lemens effroyables de ces Dé_
mons, qui s'excitoient les uns
les autres au carnage, joints aux
cris lamentables de ceux qui
fouffroient les divers genres de
mort que la rage faifoit inven_
ter, formoient dans les tenebres

de

de la nuit , & parmi les embrasemens, le bruit le plus épou-
ventable qui ait peut-estre jamais esté oüi. Ceux qui se ga-
rantirent par la fuite de cette
boucherie , portèrent avec eux
la frayeur dans tous les Lieux
où ils s'allerent refugier ; & l'allarme en vint jusques dans Montpellier , qui avoit toûjours esté
tranquile , mais dont on commença alors à faire garder les
Portes.

Mr. Joachin de Colbert Evêque de cette Ville, employa ses
soins charitables, pour faire trouver des prompts secours aux mi-
sérables restes des Habitans de
St. Ceryés & de Saturargues,
qui estoient ses Diocésains. Il
mit le premier liberalement la
main à la bourse : il fit faire des
Questes publiques ; exhorta tout
le monde à contribuer à leur

K

soulagement : Et son exemple &
ses exhortations furent si efficaces, que par le zéle & la charité des Habitans de Montpellier, & sur tout de Madame de
Basville, qui signala sa pieté en
cette occasion, & excita toutes
les autres Femmes à l'imiter,
rien ne manqua à ces Familles
desolées ; & que ces deux Lieux
furent retablis, quelque temps
aprés, en leur premier estat.

Mr. le Maréchal de Montrevel avoit eu avis de la marche
des Fanatiques, & y avoit envoyé deux Regimens de Dragons, quatre Bataillons, & tous
les Irlandois, sous le Commandement de Mr. de Fimarçon, de
Mr. de Gevaudan & de Mr.
Masselin ; mais, les Rebelles
avoient esté si exactement avertis par les Habitans du Païs, &
avoient si bien pris leur temps

& leurs mesures , qu'il fut impossible à nos Troupes d'empêcher ce saccagement, ni de pouvoir même tomber sur ceux qui
l'avoient fait , par la prompti-
tude avec laquelle ils se retirerent & s'allerent cacher dans les
Bois des Montagnes.

Cependant , la plûpart de ces
Scelerats furent , ou tuez ou pris,
peu de temps aprés , & condamnez aux plus grands supplices.
Le Meûnier de St. Cristol fut du
nombre de ces derniers : Il fut
convaincu , non - seulement de
s'estre trouvé au massacre de Saturargues, mais encore d'en avoir
esté le principal Auteur , & d'y
avoir executé , de ses propres
mains , les plus grandes inhuma-
nitez. Comme il fut jugé à Montpellier, j'eus la curiosité de le
voir lorsqu'il fut oüi sur la sel-
lete ; & je me souviens d'avoir

vû ſes Juges ſaiſis d'horreur au
recit de ſes barbaries, & embar-
raſſez à pouvoir trouver un ſup-
plice qui répondiſt à l'énormité
de ſes crimes. Il fut enfin condamné à eſtre roüé, & jetté tout
vivant dans un bucher allumé
au pied de l'échafaud : Spectacle
affreux, mais qui ne donna au
Public qu'une legere image de
ſes cruautez.

Ce Furieux avoit un Fils âgé
de quatorze à quinze ans, qui
fut pris quelques jours aprés, &
convaincu d'avoir aſſiſté à ce
maſſacre. Il fut même verifié,
que les Fanatiques ſe ſervoient
de ce jeune Garçon pour égorger les Enfans : qu'il en avoit fait
perir pluſieurs de divers genres
de mort ; & que ſon malheureux
Pere l'avoit exercé à cette bar-
barie. Son bas âge tint quelque
temps ſes Juges en ſuſpend, &

incertains s'ils le pouvoient con-
damner à la mort ; mais enfin,
le regardant comme un Monstre
dont on devoit purger la Terre,
ils l'envoyerent au gibet. Tous
ceux qui le virent passer, consi-
dérant son air encore enfantin,
avoient quelque peine de le voir
mener à la mort ; mais, lorsqu'ils
faisoient reflexion aux cruautez
horribles qu'il avoit faites, ils
trouvoient encore trop doux le
supplice qu'il alloit souffrir.

On fit en ce temps-là, une
capture trés-considérable, par
la vigilance de Mr. de Basville,
qui estoit alors à Alais. Il avoit
eu avis des Espions qu'il tenoit
dans les Païs étrangers, qu'il en
devoit partir dans peu, des Gens
dangereux, pour se jetter dans
les Cevenes & dans le Vivarés.
Il fit garder si exactement tous
les Passages, & examiner avec

tant de foin tous ceux qui s'y
prefentoient , que le nommé
Peytaud , qui avoit Commiſſion
de Capitaine , & un autre , appellé *Jonquet* , qui en avoit une
de Lieutenant , furent arreſtez :
Le premier , à Briſſon en Vivarés : l'autre , au St. Eſprit ; &
conduits à Alais , où il les in-
terrogea lui-même.

Quelque reſolution qu'ils euſſent faite de ne point parler , &
de ne rien découvrir , il les tour-
na de tant de manieres , qu'il les
obligea de lui déclarer , que les
Hollandois les avoient envoyez ,
avec ſix autres Officiers des Troupes des Religionaires , & un Mi-
niſtre , nommé *Olivier* , de la
Ville d'Anduſe : Que le Sr. de
W*anderduzin* , Député de Hollande , après les avoir exhortez
à ſe bien acquiter de leur Commiſſion , les avoit adreſſez au

nommé *Cliniere*, Directeur des
Postes dans le Païs étranger, qui
leur avoit donné de l'argent :
Que les six autres estoient, *Villete*, *Saillien*, *Fontanez*, *Vignau*,
Teissedre, & un Frere de Peytaud : Que Teissedre & les deux
Peytauds estoient entrez dans le
Vivarés, où ils avoient esté pris
par des Païsans & des Soldats ;
mais que Teissedre avoit esté tué,
& que le jeune Peytaud avoit
trouvé le moyen de se sauver :
Et qu'enfin, les cinq autres estoient encore à Geneve, où Villete devoit demeurer pour estre
le Correspondant des Hollandois ; & que les autres devoient
partir incessament, pour venir
dans les Cevenes.

Mais, ce qu'ils déclarerent de
plus considérable à Mr. de Basville, c'est que Cliniere, en leur
donnant de l'argent, leur avoit

lû une Instruction de la part des Hollandois, qui avoit demeuré entre les mains de Villete ; laquelle contenoit plusieurs Articles, dont voici les principaux.

1°. Qu'ils eussent à s'informer exactement, de l'estat present de la revolte des Cevenes, & des forces des Rebelles.

2°. De leur offrir, de la part des Hollandois, de la poudre, des armes, des munitions, & de l'argent.

3°. D'examiner avec soin, si les Rebelles pourroient favoriser une descente sur les Costes de Languedoc.

4°. D'exciter le Dauphiné & le Vivarés ensuite, à se revolter, aussi bien que les autres Provinces.

5°. De dire aux Rebelles, de ne plus brusler les Eglises, tuer les Prestres, ni les Anciens. Catholiques ; mais de prétexter leur revolte, sur la liberté de Conscience, le rétablissement des Temples, & principalement sur la décharge des Impositions.

6°. De ne recevoir ni accepter aucune Amnistie, quand on voudroit leur en accorder.

Mr. de Basville, profitant des lumieres que ces déclarations lui donnerent, envoya promptement les Portraits de ceux qui devoient venir, à Lion, en Auvergne, & dans le Velay : Il écrivit aussi à Mr. de la Clauzure, Envoyé du Roy à Geneve, pour démêler s'ils y estoient, & principalement Villete, qui estoit l'Homme de confiance des Etrangers : il lui envoya aussi leurs Portraits ; & un Mémoire, contenant tous les éclaircissemens qu'il put lui donner.

A l'égard des deux Prison-

K v

niers dont nous venons de parler, le parti qu'il prit, de concert avec Mr. le Maréchal, fut
de juger Peytaud, qui fut condamné à la mort ; & de reserver
Jonquet, jusqu'à ce qu'il eût plû
au Roy d'en ordonner, tant à
cause qu'il pouvoit aider à re-
connoistre les autres lorsqu'ils seroient arrestez, que parcequ'il
avoit tout avoüé, sur l'esperance
qu'on lui avoit donnée de sol-
liciter sa grace.

Un peu avant qu'on menast
Peytaud au supplice, il avoüa à
Mr. de Basville, qu'il avoit esté
adressé à Roland, à Cavalier &
à St. Chate, Commandans des
Revoltez : Cependant, ce dernier s'estoit déja venu rendre, &
tâchoit de reparer la faute qu'il
avoit faite, de s'estre jetté parmi
les Fanatiques, par les avis qu'il
donnoit pour les surprendre.

Il arriva alors un malheur im-
prévû entre deux de nos Détachemens, l'un compofé de Miquelets, l'autre de Grenadiers,
& de quelques Soldats du Regiment de Tarnau. Ces Troupes, marchant de nuit, & venant de differents endroits, fe
rencontrerent fur la Cofte de St.
Pierre, prés de St. Jean de Gardonenque : Elles fe chargerent
dans les tenebres fans fe reconnoiftre, chacune croyant avoir
trouvé les Rebelles. Il y eut quelques Officiers & Soldats tuez &
bleffez : Enfin, ils fe reconnu-
rent ; & furent extrémement
étonnez, les uns & les autres,
d'une méprife fi dangereufe.

D'un autre cofté, une Troupe
de foixante-dix Hommes du Regiment de la Fare, qui revenoit
d'efcorter un Commiffaire des
Guerres jufqu'à Durfort, fut at-

taquée, faisant alte, par sept ou huit cent Fanatiques, qui l'en-veloperent de tous costez dans un Valon, où ces Bandits s'é-toient mis en embuscade. Nos Gens se retrancherent à la hâte, comme ils purent, firent ferme, tirerent pendant plus de deux heures, & se deffendirent avec beaucoup de valeur : Lors mê-me qu'ils n'eurent plus de mu-nitions, ils combattirent à coups d'épées, jusqu'à la derniere ex-trémité ; mais ils furent enfin ac-cablez par le grand nombre, & resterent presque tous sur la pla-ce, aprés avoir pourtant tué plus de cent cinquante de ces Sce-lerats, & un de leurs Chefs, nommé *St. Paul.*

Cavalier, qui commandoit cette Troupe, enflé de cet avan-tage, eut l'insolence d'envoyer defier Mr. de la Haye, Gouver-

neur de St. Hipolite, de fortir
de fon Fort pour combattre en
rafe Campagne; mais il méprifa
le défi de ce Brigand, & ne jugea pas à propos d'aller expofer
fans neceffité, le peu de Gens
qu'il avoit alors, contre un Scelerat qui eftoit accompagné de
fept ou huit cens Hommes, &
ne cherchoit qu'à furprendre
avec avantage, ceux qu'il n'auroit ofé regarder en face à nombre égal.

Mr. de Julien, ayant été averti
du malheur arrivé au Détachement du Regiment de la Fare,
partit auffitoft de Florac dans la
nuit, par l'ordre de Mr. le Maréchal, avec trois Compagnies
de Dragons, & fept ou huit cens
Hommes d'Infanterie, pour aller chercher la Troupe de Cavalier; mais, aprés avoir couru
inutilement deux jours & deux

nuits, il apprit qu'ils avoient fui,
& s'eſtoient diſperſez d'un coſté
& d'autre, dans les Montagnes
& dans les Bois.

Le Sr. de Palmeroles, qui
eſtoit en ce temps-là au Pont de
Mont-Vert, avec un Détachement des Miquelets du Rouſſillon qu'il commandoit, ayant
eu avis que *Salomon Couderc* étoit,
avec une Bande de quatre-vingt
Fanatiques, au Village de Peyre-
Fort, y marcha auſſitoſt, &
tomba ſur eux ſi à propos, qu'il
les tua tous, hormis huit ou dix
qui s'enfuirent au commencement du combat. Salomon, qui
eſtoit le Predicant & le Prophéte de ces Brigands, avoit
pris la fuite des premiers avec
tant de hâte, qu'il laiſſa ſa Mule,
ſa Bible & ſes Sermons ; mais celui qui commandoit cette Troupe fut pris, & paſſé par les armes.

Tandis que ces choses se pas-
soient dans les Hautes-Cevenes,
la Vau-Nage estoit en proye au
fer & à la flamme des Fanatiques. La Troupe de Cavalier,
chassée des Montagnes, s'estoit
repanduë par Pelotons dans la
Plaine, & faisoit mille ravages.
Une vingtaine de ces Furieux
descendit jusqu'aux bords du
Rhône, alla dans la Camargue,
où elle tomba malheureusement
dans la Maison de Mr. de Cas-
tellane, vieux Gentilhomme, &
ancien Commandeur de la Ver-
nede ; Il crut d'abord avoir ad-
douci ces Tigres, par les rafrai-
chissemens qu'il leur fit donner,
pour se garantir de leur fureur ;
mais il eut beau faire, il ne put
éviter d'estre impitoyablement
égorgé, avec ses Fermiers & ses
Domestiques.

Ainsi, quoique Mr. le Maré-

chal de Montrevel tint toutes
les Troupes qu'il avoit, dans un
continuel mouvement, & que
Mr. de Basville, qui estoit sur
les Lieux, effrayast sans-cesse le
Païs revolté, par les exemples
terribles de la Justice ; jamais
neanmoins les Fanatiques ne firent tant de ravages, que pendant les quatre derniers mois de
l'année 1703. Ce n'estoient de
tous costez, que massacres &
qu'incendies, dont je ne ferai
pas le détail, parceque je croi
ne devoir raconter ici que les
principaux evenemens.

Cependant, comme les Re-
voltez commettoient ces attentats, par des Troupes qu'ils formoient tout-d'un-coup, quand
ils se proposoient de faire quelque expédition, & qu'ils faisoient
disparoistre de même, aussitost
qu'elle estoit faite ; on ne pou-

voit comprendre, comment avec tant de Gens de guerre, dont le Païs eſtoit rempli, les Fanatiques pouvoient paroiſtre & diſparoiſtre ſi ſouvent, & en tant de Lieux, ſans qu'on puſt les rencontrer.

Et comme les Peuples, ſur tout lorſqu'ils ſouffrent, ſont naturellement portez à blâmer la conduite de ceux qui commandent; il y eut alors des Gens, qui crurent que Mr. le Maréchal negligeoit de remedier à de ſi grands maux, & ne s'employoit pas avec aſſez de vigilance, à calmer les troubles de la Province.

Mais enfin, l'experience fit reconnoiſtre à ceux qui voyoient les choſes de prés, que l'impoſſibilité d'arreſter ces deſordres, venoit de ce que tout le Païs favoriſoit ces Scelerats, & leur fournissoit sans-cesse des Hommes, des vivres & des retraites.

On avoit crû d'abord, que les enlevemens qu'on avoit fait depuis peu en divers Lieux, de tous ceux qui estoient en âge de porter les armes, arresteroient le cours de ces desordres, en tarissant la Source d'où les Revoltez tiroient dequoi grossir leurs Troupes : mais, le Païs se trouva si rempli de Gens mal-intentionnez, qui se tenoient cachez dans les Villages & dans les Hameaux des quatre Diocéses, qui étoient les Theatres de leurs fureurs, qu'on connut enfin, qu'il en falloit venir de toute necessité, à un dépeuplement general de toutes les Parroisses qui favorisoient la revolte ; parceque par ce moyen, on leur osteroit leurs Lieux de retraite, & les Magasins de leur subsistance :

& que d'ailleurs, ces Parroiffes
eftoient le paffage du Vivarés;
& qu'eftant une fois détruites &
dépeuplées, le refte du Païs feroit plus refferré, & pourroit
eftre gardé plus facilement.

Trente-deux Parroiffes furent
jugées coupables, & condam-
nées à eftre entierement détruites : Elles eftoient compofées de
plus de quatre cent Villages ou
Hameaux. Le deffein eftoit, d'en
détruire toutes les Maifons; &
d'ordonner aux Habitans, de fe
tranfporter, avec leurs Familles
& leurs effets, dans les Lieux
qui leur feroient marquez.

Certainement, il falloit bien
que le mal fuft extréme, puifqu'on eftoit obligé d'avoir re-
cours à un remede fi violent :
mais, la fuite fit voir, que fans
cette dévaftation generale, on
ne feroit jamais venu à bout

de la revolte des Cevenes.

La chofe eftoit trop importante pour eftre executée fans en informer la Cour: Mr. le Maréchal & Mr. de Bafville en écrivirent aux Miniftres. Le Roy eut d'abord quelque peine à y confentir ; mais il fe rendit enfin aux preffantes raifons de fon Confeil : Cependant, par un effet de fa bonté, il voulut que dans la tranfmigration de tant de Peuple, on prift foin de fa fubfiftance & de fon tranfport, principalement des Enfans, des Femmes & des Vieillards.

Le confentement & les ordres de Sa Majefté pour ce dépeuplement, ne furent pas plûtoft obtenus qu'on en commença l'execution. Mr. le Maréchal voulut d'abord lui-même, y être prefent : mais, ayant efté obligé de quitter les Hautes-Cevenes,

pour aller veiller à la deffenfe
de nos Coftes, qui furent alors
menacées par deux Vaiffeaux
ennemis, qui parurent affez
prés de Terre, à la hauteur de
Montpellier; Mr. de Julien fut
chargé de l'executer, avec les
Troupes qu'on lui donna, afin
qu'il fuft en eftat de fe deffendre, en cas que les Fanatiques
vouluffent s'y oppofer.

Comme ces malheureux Peu-
ples, qu'on alloit chaffer de leurs
Habitations, fe fentoient coupables d'avoir favorifé lesRevoltez
en tout ce qu'ils avoient pû, ils
crurent d'abord qu'on ne les
vouloit affembler que pour les
maffacrer tous à la fois; & dans
cette crainte, ils douterent quelque temps, s'ils obéïroient aux
Ordres qui leur furent donnez,
de quitter leurs Maifons pour fe
tranfporter ailleurs.

Mais enfin, voyant que Mr.
de Basville faisoit prendre soin
de leur subsistance & de leur
transport, sans qu'il leur fust fait
aucune insulte en leurs person-
nes, ni aucun dommage en leurs
effets, ayant même esté infor-
mez que c'estoit par ordre exprés du Roy qu'on les traitoit
avec tant de douceur, ils se dé-
terminerent à aller volontaire-
ment aux Lieux qui leur avoient
esté marquez; & ils confesserent
même depuis, lorsque tout le
Païs rentra dans le devoir, que
cette bonté de Sa Majesté les
avoit touchez, & leur avoit ins-
piré les premieres pensées de se
soumettre, & d'implorer sa clemence.

Pendant les trois derniers mois
de cette année, on travailla à
raser, & à rendre inhabitables,
toutes les Maisons de ces Par-

roiſſes : Ce travail fut d'abord commence à coups de main ; mais, parcequ'il auroit trop trainé en longueur, on obtint de la Cour la permiſſion d'y employer le ſecours du feu pour avancer l'ouvrage, qui fut heureuſement achevé dans ce tems-là.

Cette entrepriſe eſtoit dangereuſe, & difficile à executer : Les Villages & les Hameaux qu'on devoit raſer, eſtoient ſituez dans un Païs affreux, parmi des Bois, des Montagnes & des Précipices : Tous les Manans de ces Habitations ſauvages, eſtoient autant d'Ennemis. On n'avoit pû donner à Mr. de Julien que peu de Troupes, parceque les autres eſtoient neceſſaires ailleurs : neanmoins, il prit ſi bien ſes meſures, & executa ce deſſein avec tant de précaution, de vigueur & d'activité, que jamais, ni les Habitans, ni les Fanatiques attroupez, dont les uns voyoient abbatre leurs Maisons, les autres raser les Lieux de leurs retraites, n'ose-rent rien entreprendre pour s'y opposer.

Cependant, tous ceux de ces Habitans qu'on chassoit de leurs Maisons, qui se trouverent d'âge à porter les armes, aimerent mieux se jetter parmi les Re-voltez, que de s'aller renfermer dans les Lieux où on leur avoit ordonné de se rendre : ainsi, les Troupes des Fanatiques grossi-rent alors ; & tandis qu'on tra-vailla à cette dévastation, il se passa, d'un costé & d'autre, des choses qui meritent d'avoir pla-ce dans cette Histoire.

Il y eut alors quelques soule-vemens dans les Diocéses de Va-bres

bres & de Caftres, fituez dans le Bas - Roüergue & le Haut-Languedoc ; mais, ces mouvemens furent appaifez dans leur naiffance, par la Nobleffe & par les Milices du Païs, qui diffiperent les Rebelles, qui s'y eftoient attroupez au nombre de cinq ou fix cent, dont plufieurs furent tuez, les autres s'allerent promptement cacher, & n'oferent plus reparoiftre.

La Troupe de Joanny, augmentée alors confidérablement, par la jonction des Jeunes-Gens que la démolition des Parroiffes coupables avoit chaffez de leurs Maifons, rempliffoit tout le voifinage de Jenoüillac de meurtres, de pillages & d'incendies.

Celle de Cavalier, qui n'avoit efté jufques là, que de

L

quatre ou cinq cens Hom_
mes de pied , & de soixante
Chevaux , se trouva alors de
plus de quinze cent Fanatiques : Ce qui le rendit si or_
gueilleux, que se mettant sans
façon du pair avec Mr. le Ma_
réchal de Montrevel , il osa
lui écrire, *que s'il ne lui faisoit rendre son Pere & son Frere* , qu'on avoit arrestez depuis
quelques jours , *il iroit les lui
demander lui-mème , à la tète de
dix mille Hommes :* Il donna
mème la vie à un Païsan Ca_
tholique qu'il avoit pris , afin
qu'il allast porter cette Lettre ; mais son insolence fut cause , que pour toute réponse,
Mr. le Maréchal envoya aussitost des Dragons au Village
de Ribaute , qui raserent la
Maison où ce Gueux , qui
tranchoit du General , avoit

pris naissance.

L'augmentation des Troupes des Fanatiques fut alors si considérable, qu'ils se trouverent plus de six mille, en diverses Bandes : Ce qui allarma si fort les Anciens-Catholiques, que de tous costez ils abandonnoient la Campagne, pour se refugier dans les Villes.

En ce temps-là, Mr. le Maréchal fut obligé de quitter les Hautes-Cevenes, pour aller pourvoir à la sureté de nos Costes, qui estoient menacées par deux Vaisseaux ennemis, qui avoient paru à la hauteur de Montpellier, assez prés de Terre. Les Fanatiques furent d'abord avertis de son départ ; & ils apprirent aussi, qu'il avoit tiré un Bataillon de Sommieres, pour le faire aller

L ij

du cofté de la Mer.

Cela leur infpira l'audace d'aller attaquer cette Ville. Ils s'y rendirent à dix heures du foir, au nombre de douze ou quinze cens Hommes, commandez par Roland & par Cavalier : Ils fondirent d'abord fur le Fauxbourg, qui eft à la tefte du Pont, & y brûlerent quelques Maifons. Les Habitans de la Ville prirent les armes, & firent une fortie ; mais ils furent repouffez par le grand nombre, & perdirent même quelques-uns des leurs.

On tira fur ces Incendiaires, le canon du Chafteau, qui, dans la nuit, fut oüi de Montpellier ; mais, on leur fit plus de peur que de mal, parcequ'ils eftoient à couvert des coups qu'on leur tiroit. Ils ne laiſſerent pas d'abandonner le Fauxbourg, & d'aller taſter le Convent des Cordeliers: mais, ces Religieux, qui eſtoient ſur leurs gardes, les reçurent à coups de fuſils, en tuerent cinq ou ſix, & forcerent les autres à ſe retirer.

Aprés cette expédition, ces deux Troupes ſe ſeparerent. Cavalier, avec la ſienne, alla du coſté de Nîmes, où il brûla, ſaccagea & maſſacra tout ce qu'il trouva ſur ſon paſſage: Celle de Roland, alla dans le Dioceſe d'Uſés, & en fit de même. Une autre Troupe de ces Bandits, bruſla le Logis du Pont de Lunel, qui eſt ſitué du coſté de Nîmes: Ils avoient deſſein d'en faire autant de celui qui eſt du côté de Montpellier; mais, Mr. de Grandval, qui commandoit

à Lunel, y accourut, & les en
chaſſa.

De tous les maſſacres que
firent alors ces differentesTrou-
pes, celui de Madame de Mi-
raman fit le plus d'horreur à
tout le monde. Cette jeune
Dame étoit partie d'Uſés, pour
aller trouver ſon Mari à St.
Ambroix, où il lui avoit écrit
de ſe rendre. On lui avoit con-
ſeillé de prendre une Eſcorte:
mais, comme elle avoit quelquefois échapé à ces Scelerats,
par ſes manieres honneſtes, elle crut que ne s'eſtant jamais
meſlée de leurs affaires, il y
auroit moins à riſquer pour
elle, de s'abandonner à ſon
innocence, & de faire ce chemin en chaiſe roulante, ſans
eſtre accompagnée que de deux
Femmes de ſervice, d'un Cocher & d'un Laquais; auſ-

quels même elle deffendit de prendre des armes, afin de témoigner plus de confiance à ceux qu'elle pourroit trouver fur la route.

Mais, quelles précautions peut-on prendre avec des Fols enragez ? A peine fut-elle arrivée, fur le foir, prés du Village de Vendras, à une lieuë de St. Ambroix, que huit ou dix Fanatiques fortirent d'un Bois, & arrefterent fa chaife : Ils l'en firent fortir ; & aprés lui avoir lié les mains, & à ceux qui l'accompagnoient, ils la menerent dans le Bois, pour s'éloigner du grand Chemin, où ils auroient pû eftre furpris : Et là, ni fon innocence, ni fa jeuneffe, ni fa beauté, ni fes larmes, ni fes priéres, ni tout ce qu'ils lui avoient volé en or, en

L iv

pierreries & en nipes de prix,
ne fut capable d'adoucir ces
Tigres, qui n'étoient fensibles
qu'au plaifir barbare de voir
couler le fang des Catholiques. Ils l'égorgerent impitoyablement, avec une de fes
Femmes, & le Cocher : L'autre Fille de fervice fut laiffée
pour morte fur la place, où
elle demeura toute la nuit, vit
expirer fa Maiftreffe, & fe
traina le lendemain matin jufqu'à St. Ambroix, percée de
plufieurs coups de poignard,
dont elle échapa miraculeufe-
ment.

Le Laquais fut plus heu-
reux. Il avoit efté condamné
à la mort comme les autres :
fon habit lui fauva la vie. Un
de ces Meurtriers voulant s'en
habiller, & craignant de le
déchirer en maffacrant celui

qui le portoit, il fut obligé de lui délier les mains pour le dépoüiller ; mais il profita de ce moment de liberté, & se garantit par la fuite.

Il estoit impossible d'empê-cher ces desordres. La plû-part de nos Troupes estoient occupées à la démolition des Parroisses qu'on vouloit ren-dre inhabitables, ou à conte-nir le Païs tandis qu'on y tra-vailloit : Les autres estoient descenduës sur les bords de la Mer, pour s'opposer à la des-cente qu'on avoit lieu de crain-dre. Mr. de Vendôme, de huit mille Hommes qu'il de-voit envoyer en Languedoc, n'avoit pû en envoyer que trois mille ; à cause que le Roy, ayant esté informé des secretes intelligences du Duc de Savoye avec l'Empereur &

les Anglois, fut alors obligé de lui déclarer la guerre. Des Troupes de la Marine, dont on attendoit six mille Hommes, il en vint à peine la moitié : Et celles qu'on attendoit aussi de Guienne & du Dauphiné, n'arriverent que fort tard, en petit nombre, & assez mal en ordre.

Les Fanatiques profiterent de ces contre-temps, & ne firent jamais tant de ravages. On n'entendoit parler de tous côtez, que de massacres & d'incendies. Roland, avec sa Troupe, saccageoit le Païs, depuis Alais jusqu'à Nîmes : Cavalier, avec la sienne, depuis Nîmes jusqu'à Montpellier : Joanny, Castanet, Martel, Largentiere, & les autres Chefs des Rebelles, en faisoient de même du costé du

Gevaudan, & par tout ailleurs
où l'on ne pouvoit envoyer du
secours. Les Chemins n'estoient
plus libres , & on ne pouvoit
passer sans Escorte. Le Courrier de Paris , allant à Montpellier , fut arresté sur le grand
Chemin auprés du Pont de
Lunel : On se contenta de
prendre les Chevaux de Poste
qui le menoient ; & on le renvoya avec sa Valise, aprés avoir
visité les Lettres qu'il portoit, dont les Fanatiques prirent celles qu'ils crurent leur
pouvoir estre utiles , & lui
laisserent emporter les autres.

Ce fut en ce temps-là, que
Roland, que les Revoltez re-
connoissoient pour leur General , & traitoient de Monseigneur, mêlant aux visions du
Fanatisme des idées de Gran-
deur imaginaire , eut l'effron-

L vj

terie d'écrire cette insolente Lettre aux Habitans de Val. borgne.

Nous Comte Roland, General des Troupes Protestantes de France assemblées dans les Cevenes, ordonnons aux Habitans du Bourg de St. André de Valborgne, d'avertir, comme il faut, les Prestres & les Missionaires, que Nous leur deffendons de dire la Messe, & de prêcher dans ledit Lieu : Et qu'ils ayent à se retirer incessament ailleurs, sous peine d'estre bruslez vifs, avec leur Eglise & leurs Maisons, aussi-bien que leurs Adherans; ne leur donnant que trois jours pour executer le present Ordre. LE COMTE ROLAND, *signé.*

Pour arrester le cours de ces insolences, & remedier à des desordres qui allarmoient tout le Païs, on fut obligé d'interrompre, pour quelque temps, la démolition des Parroiffes : Et Mr. de Julien eut ordre de defcendre dans la Plaine, où fe faifoient les plus grands maux.

Il n'y fut pas pluftoft arrivé, que les affaires commencerent à changer de face. Mr. de Vergetot, Brigadier des Armées du Roy, & Colonel du Regiment Royal Comtois, qui commandoit les Troupes qui eftoient à Ufés, tomba fur la Troupe de Cavalier auprés de Luffan ; & aprés un combat opiniâtré de quatre ou cinq heures, il lui tua plus de deux cens Hommes, & mit en fuite le refte.

D'un autre cofté, Mr. de Sandricour, Gouverneur de Nîmes, ayant eu avis que cette même Troupe, aprés avoir reçu des Recruës du Païs, eſtoit allée ſe rafraichir à Nages, où elle avoit reſolu de faire tranquilement la St. Martin, fit partir à minuit de cette Ville, un Détachement de deux cens Hommes du Regiment de Soiſſonnois, avec quarante Dragons de Fimarcon, commandez par leur Colonel : Ce Détachement marcha toute la nuit, & arriva à Nages à la pointe du jour. Les Rebelles en ſortirent au nombre de plus de huit cent, dont pluſieurs avoient des Chevaux : ils ſe mirent en bataille, & firent mine de ſe vouloir deffendre ; mais, Mr. de Fimarcon les fit charger ſi bruſquement, qu'on les obligea à prendre la fuite : On les pourſuivit trois ou quatre heures, & on en tua plus de deux cent. Nous n'y perdîmes qu'un Lieutenant, & trois ou quatre Dragons ou Soldats.

Ces avantages qu'on rem- portoit fur les Rebelles at- troupez , lorſqu'on pouvoit tomber fur eux , ne conſo- loient pas neanmoins les An- ciens - Catholiques , des rava- ges continuels où ils eſtoient expoſez : Et leur patience ſe changeant enfin en fureur , ils s'attrouperent auſſi de leur cô- té , au nombre de cinq ou fix cent Jeunes - Gens , ſortis de divers Villages ; & furent appellez *Camiſards blancs* , ou *Cadets de la Croix* , à cauſe d'une Croix blanche qu'ils por- toient au retrouſſis de leurs chapeaux.

Ces Cadets de la Croix ne ſe contenterent pas de de- meurer fur la deffenſive , ils

allerent chercher les Rebelles
dans les Bois où ils se cachoient : les battirent en quelques rencontres. Et comme il
est difficile de se contenir dans
de justes bornes , quand on
a les armes à la main , ils
se jetterent, pour user de represailles , sur tous les Religionaires qu'ils purent rencontrer : Et quoiqu'ils ne se portassent pas aux excés cruels
des Fanatiques , ils les tuoient
neanmoins sans distinction , brûlant leurs Maisons , & enlevant
leurs effets, aux Champs & dans
les Villages.

Enfin , ils porterent si loin
leur vangeance , que Mr. de
Montrevel fut obligé d'en mo-
dérer les emportemens ; & de
leur deffendre de faire aucune
expédition, sans être commandez par des Capitaines qu'il

mit à leur tefte : Ce qui arrefta un peu leur violence ,
& fit ceffer les plaintes de
plufieurs Nouveaux - Convertis , qui , quoiqu'innocens ,
eftoient expofez à leur fureur , comme les plus coupables.

La jufte indignation que tout
le monde avoit alors conçuë
contre les Fanatiques , venoit
d'armer contr'eux les Cami-
fards blancs. Cette même indignation porta , à - peu - prés
en ce temps - là , trois braves Hommes de la Provin-
ce , à demander à Mr. le
Maréchal & à Mr. de Bafville , la permiffion de lever des
Compagnies de Gens choifis
parmi les Catholiques , pour
courir fur ces Enragez.

L'un fut *Florimond*, du Lieu
de Generac dans la Vau-Nage ;

lequel , quoique Meûnier de Profeſſion , eſtoit courageux, & homme de teſte : il joignoit à ces qualitez, une force extraordinaire ; & outre cela , il avoit une parfaite connoiſſance du Païs , & des Retraites où ces Brigands ſe tenoient cachez.

On lui permit de lever trente Hommes , qui furent entretenus par la Province ; & avec ce petit nombre , il prit pluſieurs de ces Scelerats , qui furent auſſitoſt punis de leurs crimes.

L'autre fut *Lefevre* de la Ville de Nîmes , qui , dans ſa jeuneſſe , avoit eſté Homme de guerre , & n'avoit pas oublié le Métier : Il lui fut permis de lever pareil nombre d'Hommes ; & il rendit auſſi des ſervices conſidérables.

Le troisiéme estoit un Gentil-homme du Dauphiné, appellé *La Sagiote*, âgé de prés de soixante ans : il avoit esté long-temps Capitaine dans un vieux Corps ; mais , touché par un sentiment de Religion, il avoit renoncé au Monde , & s'estoit fait Hermite dans un Lieu desert prés de Sommieres, où il avoit pris le nom de *Frere François-Gabriël*.

Les Fanatiques avoient pillé & brûlé son Hermitage. Touché de cette action , & émeu par les plaintes qu'il entendoit faire tous les jours contre les massacres , les incendies & les sacriléges de ces Impies , il sentit reveiller son courage , & crut qu'il pouvoit reprendre le parti des armes contre les Ennemis de Dieu & de ses Autels , sans

violer le vœu qu'il avoit fait
de vivre dans l'austerité de la
retraite.

Il consulta sur cela Mgr.
l'Evêque de Nîmes, sous la
direction duquel il estoit : Ce
Prélat approuva sa resolution,
loüa son dessein, & le recom-
manda à Mr. le Maréchal, qui
lui permit de lever deux cens
Hommes ; lesquels il prit soin
de choisir lui-même, tous Gens
de cœur, vigoureux, zélez,
& infatigables comme lui. On
lui laissa aussi le choix des Officiers Subalternes qui devoient
servir sous lui : Il prit Lefevre, dont nous venons de parler, & le nommé *Allary* de
Baillargues, pour ses Lieutenans. Ce Corps fut entrete-
nu, & payé sur le pied des
vieilles Troupes ; & tous les
Lieux où il passoit, avoient

ordre de lui donner main-
forte.

Cet Hermite , dévenu Par-
tifan , fe mit auffitoft à la
quefte des Fanatiques : Il les
alla chercher de jour & de
nuit , dans les Bois & dans
les Montagnes : les battit en
diverfes rencontres ; & leur de-
vint fi redoutable , que dans
une Lettre que Cavalier écrivit en ce temps-là au Gouverneur de Nîmes , il lui manda entr'autres chofes , *que s'il*
ne faifoit ceffer les hoftilitez de
l'Hermite , il ne feroit aucun
quartier aux Catholiques qui tom-
beroient entre fes mains.

Je ne dois pas oublier de
dire ici , qu'un jour qu'Allary
avoit mené du cofté de Vic ,
cent Hommes de cette Troupe , qu'il commandoit en l'ab-
fence de l'Hermite , qui eftoit

tombé alors malade des fatigues continuelles qu'il ſe donnoit ; Cavalier , d'intelligence
avec les Habitans de ce Lieu,
l'attaqua vivement au moment
qu'il en ſortoit. Ce Chef des
Revoltez eſtoit accompagné de
ſept ou huit cens Hommes à
pied & à cheval , & s'attendoit de le tailler en piéces :
Mais Allary , ſans s'étonner
par le grand nombre des Ennemis , rentra promptement &
en bon ordre dans Vic , ſe
retrancha dans une Maiſon ,
& s'y deffendit ſi vigoureu-
ſement , & avec tant de conduite , que jamais les Fanatiques ne purent , ni l'y forcer , ni y mettre le feu ; &
furent obligez de l'abandonner , & de ſortir du Village , aprés avoir perdu plus de
cinquante Hommes.

Tandis que Mr. de Julien put reſter dans la Plaine avec les Troupes qu'il y avoit amenées, les maſſacres & les incendies y furent moins frequents ; mais il ne fut pas pluſtoſt remonté dans les Montagnes , pour achever l'ouvrage de la démolition , que les deſordres y recommencerent.

Mr. Planque , qui avoit demeuré dans les Hautes Cevenes en l'abſence de Mr. de Julien , y avoit fait pluſieurs Priſonniers qu'il envoya à St. Hipolite : mais , l'Eſcorte de deux cens Hommes qui les avoit conduits , ayant eſté rencontrée à ſon retour par plus de douze cent Fanatiques , commandez par Roland , elle fut battuë : Et ce Chef des Rebelles , enflé de ce ſuccés

alla le même jour brûler l'E-
glife des Fauxbourgs de cette
Ville, & quelques jours aprés
les Moulins d'Anduse.

La Troupe de Cavalier, com-
pofée de plus de mille Fanatiques à pied & à cheval,
continuoit fes ravages ordinaires dans la Vau-Nage, &
jufqu'aux Portes de Nîmes,
égorgeant les Catholiques, &
bruflant d'un cofté & d'autre, leurs Maifons & leurs
Eglifes.

Les Pelotons détachez de
cette Troupe, eftoient continuellement embufquez fur les
grands Chemins, & fi prompts
à fe jetter fur les Paffans, que
Mr. le Comte d'Ufés, allant
de Nîmes à Montpellier, fut
arrefté par fix de ces Brigands, pour s'eftre un peu
avancé de l'Efcorte qui l'ac-
compagnoit:

compagnoit : Et fi le Valet qui conduifoit fa chaife ne s'étoit fauvé, & n'avoit crié aux Dragons qui le délivrerent, de le venir fecourir, il eftoit perdu ; car, ils l'avoient déja écarté dans les Champs, & commençoient à le dépoüiller pour le tuer.

Ils ne commettoient pourtant pas ces crimes impunément. Tous les jours on trainoit dans les Prifons plufieurs de ces Scélérats : La plus renommée de leurs Prophétef-fes, appellée *La Grande-Marie*, qui fuivoit ordinairement la Troupe de Cavalier, & prononçoit les Arrefts de mort, fut prife en ce temps là: Le fameux Jonquet, qui commandoit fon Avant-garde, & qui, par fes cruautez, avoit efté elevé à ce pofte, eut le mê-

M

me ſort, avec une infinité d'autres de moindre importance, &
dont les ſupplices ſuivoient de
prés la capture.

Enfin , le long & penible
ouvrage de la dévaſtation du
Païs qu'on vouloit rendre in_
habitable, fut entiérement ache_
vé vers la fin de l'année 1703.
Et ce fut alors , que les Fa_
natiques, qui n'avoient pû eſtre
réduits , ni par les expéditions
Militaires , ni par les ſuppli_
ces , commencerent à ſentir
les premieres horreurs de la
faim : Ils ne trouvoient plus
à la Campagne , ni Habitans,
ni retraites, ni vivres : ils er_
roient , comme des Beſtes fe_
roces , par les Bois & par les
Montagnes ; fuyant nos Trou_
pes , qui les ſuivoient ſans_
ceſſe , & n'ayant d'autres azi_
les , que les Cavernes & les

Antres des Rochers.

On jugea deſlors, que la fin tant ſouhaitée de ces deſordres approchoit ; & l'on connut en même-temps, de quelle importance eſtoit l'ouvrage qu'on venoit de faire.

Les vivres commençant à leur manquer dans les Cevenes, une de leurs Troupes de cinq ou ſix cens Hommes ſe jetta dans le Vivarés. Mr. de Montrevel en fut auſſitoſt averti, par un Courrier que lui envoya le Sr. du Molard, Subdelegué de Mr. de Baſville dans ce Païs-là. Mr. de Julien eſtoit alors à St. Ambroix : Il eut ordre d'y marcher, avec un Détachement de deux cent Soldats du Regiment de Haynaut, trois Compagnies de Dragons de celui de St. Sernin, & cent cinquante Miquelets.

Tandis qu'il estoit en marche , cette Troupe eut le temps de faire quelques desordres à Gluiras, à St. Maurice, à St. Fortunat , & en divers autres Lieux. Pour porter même les Religionaires de ce Païs à se soulever, un des trois Chefs qui commandoient ces Revoltez , avoit pris le nom de Cavalier : Les autres deux estoient, St. Jean & Decombes.

Mais, Mr. de Julien les suivit avec tant de diligence, & les attaqua si vivement auprés du Village de Franchesin , qu'il les tailla en pieces : il fit ensuite piller & réduire en cendres, les Lieux qui les avoient reçus ; & aprés avoir contenu le reste de ce Païs dangereux, par ces exemples de severité,

il s'en retourna dans les Cevenes , où les ravages que la
faim faisoit faire aux Fanatiques , le rappellerent.

En effet , l'estat violent où
l'on avoit réduit leurs Troupes fugitives & affamées , eut
encore des suites funestes, par
le desespoir où elles se trouverent. Jusques là, l'esperance
d'établir l'Heresie sur les ruines de la vraye Religion , leur
avoit tenu les armes à la main :
mais alors leur fureur chan-
gea d'objet ; ils avoient com-
battu pour brusler des Eglises, ils furent obligez de combattre pour avoir du pain.

Le Païs dont on venoit de
raser les Maisons & chasser les
Habitans , avoit prés de quarante lieuës d'étenduë : Avant
sa dévastation il leur fournissoit abondament des vivres ,

des Recruës & des retraites ; mais il eſtoit devenu un vaſte deſert & une ſolitude affreuſe, qu'ils ne pouvoient plus regarder ſans horreur, bien loin d'y pouvoir trouver dequoi ſubſiſter.

Ils furent donc forcez de l'abandonner, & de ſe répandre par Troupes dans la Plaine & dans la Vau-Nage, où, pour chercher dequoi vivre, ils faiſoient continuellement des courſes du coſté d'Uſés, de Nîmes, d'Aygues-Mortes, de Beaucaire & de Belle-Garde, bruſlant les Maiſons de Campagne où ils ne trouvoient rien, & arrachant, à force de cruautez, quelque peu de vivres des mains de ceux qui avoient aſſez de peine à ſe nourrir eux-mêmes.

L'on regarda ces ravages

comme les derniers efforts du Fanatifme mourant , par le coup terrible que venoit de lui porter , la deftruction du Païs qui avoit enfanté & nourri ce Monftre : ainfi, l'on fe confoloit en quelque maniere, des maux horribles qu'il fit alors, par l'efperance de les voir bientoft finir

Mr. de Montrevel & Mr. de Bafville , faifoient tout ce qu'ils pouvoient pour remedier à de fi grands maux ; mais il n'eftoit pas poffible d'en arrefter le cours , parcequ'on n'avoit pas affez de Troupes pour contenir le Païs, & pourfuivre en même-temps , ces Bandes de Fanatiques defefperez qui faccageoient la Campagne.

Ce n'eft pas que les affaires de la France ne profpe-

raſſent en ce temps-là au dehors : le moment auquel le
Ciel avoit reſolu de l'affliger
n'eſtoit pas encore venu. Mr.
le Duc de Baviere & le Maréchal de Villars, venoient de
battre à Hocſtet l'Armée des
Imperiaux, commandée par le
Prince Loüis de Bade; & le
Maréchal de Talard avoit ga-
gné la bataille de Spire, &
pris Landau : mais la guerre,
qui s'eſtoit allumée avec la
Savoye, avoit obligé la Cour
d'envoyer en Piémont les Troupes deſtinées pour le Languedoc, avec leſquelles on auroit
pû écraſer les Fanatiques. Ils
profiterent de cette diverſion,
& en reprirent de nouvelles
forces, dans l'eſperance qu'il
leur viendroit du ſecours de
ce coſté-là, par le Dauphiné,
ainſi qu'on leur en avoit fait

attendre du temps de Brouffon
& de Vivens.

Ils s'étoient feparez par Pelotons , afin de fubfifter plus
facilement ; & pour s'oppofer
à leurs courfes , on faifoit des
Détachemens qui les pourfuivoient fans-ceffe : on les bat-
toit quand on pouvoit tomber
fur eux ; on en prennoit plufieurs , & les fupplices n'étoient
point épargnez.

En ce temps-là , les Cadets
de la Croix , au nombre de
deux cent feulement , attaquerent une de leurs Troupes de
quatre ou cinq cens Hommes ,
auprés du Village de Guarri-
gues , & la taillerent en pieces.

Cependant , Roland & Ca-
valier , voyant qu'ils ne pouvoient plus trouver des vivres
dans les petits Lieux de la

Campagne qu'ils avoient ra-
vagez, firent deſſein de ſe jetter ſur les gros Lieux ; & pour
le pouvoir faire, ils joignirent
leurs Troupes, & s'aſſemble-
rent au nombre de plus de
quinze cens Hommes dans le
Village de St. Chaſte.

Mr. de Montrevel en fut
auſſitoſt averti : Il partit de
Nîmes, & ſe rendit en diligence à Uſés, avec tout ce
qu'il put mener avec lui de
Gens de guerre. Là, il apprit
que les Fanatiques attroupez
eſtoient du coſté de Brignon :
il détacha en même-temps
cinq cens Hommes des Troupes de la Marine, avec cinquante Dragons du Regiment
de St. Sernin ; & donna ordre
à Mr. de la Jonquiere, qui
commanda ce Détachement,
de les aller chercher.

On jugea alors, par le malheureux ſuccés qu'eut cette expédition, que Mr. le Maréchal auroit mieux fait d'y faire marcher toutes ſes forces ; mais il avoit vû ſi ſouvent ces grands attroupemens ſe diſſiper, qu'il ne crut pas devoir fatiguer inutilement un ſi gros Corps de Troupes.

Mr. de la Jonquiere ſuivit à la piſte les Fanatiques pendant deux jours, de Village en Village, le long de la riviere du Guardon, & les joignit enfin dans un Valon auprés de Martignargues, où il les attaqua : mais, comme il avoit ſouffert imprudemment, que ſes Soldats ſe fuſſent chargez de vin & de pillage, dans le dernier Lieu où il avoit paſſé, ils ne ſe trouverent pas en eſtat de combattre quand il fallut venir aux mains ; & à la premiere décharge, ils plie. rent tous honteusement, sans pouvoir jamais estre ralliez. Les Officiers seuls firent ferme, & combattirent quelque temps avec toute la valeur imaginable ; mais, que pouvoient faire une trentaine de braves Hommes, contre plus de quinze cens Enragez, qui fondoient sur eux de toutes parts : Ils en furent enfin accablez, & presque tous massacrez, avec environ deux cent Soldats, qui ne purent se garantir par la fuite. Mr. de la Jonquiere blessé, se retira comme il put, avec sept ou huit Officiers, au plus prochain Village, d'où il envoya avertir Mr. le Maréchal du malheur qui lui estoit arrivé.

D'abord, tout ce qu'il y

eut de Troupes dans le Païs, fut mis en mouvement pour courir aprés les Rebelles : Mr. de la Lande alla du cofté de Ners, avec fept ou huit cens Hommes : Mr. de Montrevel, avec mille ou douze cent, marcha lui-même du cofté de St. Chafte ; mais, ce fut inutilement. Les Fanatiques, enflez d'un avantage remporté fans combat, & qui fut pluftoft un maffacre qu'une victoire , s'étoient difperfez pour chercher des vivres , les uns vers Vefenobre , les autres en divers Lieux, fituez parmi les Bois, & dans les Montagnes , où il fut impoffible de les trouver.

Cette malheureufe affaire fit beaucoup de bruit dans le monde : Et comme les bons & les mauvais évenemens font attribuez à ceux qui commandent,

Mr. le Maréchal ne fut point épargné. Ce n'est pas que la voix publique ne respectast sa valeur, & son zéle pour le service du Roy, dont il avoit donné des marques éclatantes en plusieurs occasions : mais, on disoit tout haut, qu'il ne se faisoit pas honneur de tirer l'épée contre des Gueux attroupez ; & que le mépris qu'il avoit pour eux, estoit cause qu'il negligeoit de les détruire.

Enfin, ces plaintes, justes ou injustes, furent portées de la Province jusqu'à la Cour; & l'on ne sçait, si à cause de ce malheur arrivé aux Troupes de la Marine, on n'y fit pas alors dessein d'envoyer en Languedoc, un Commandant plus heureux ou plus appliqué.

Mr. le Maréchal de Villars

estoit en ce temps-là tout bril-
lant de gloire , par les victoi-
res qu'il avoit remportées au-
delà du Rhin : L'on crut que
l'étoile qui l'avoit accompagné
en Allemagne, le suivroit dans
les Cevenes ; & il fut choisi
par le Roy. Il est vrai , que
beaucoup de Gens crurent
alors , que quelques Jaloux
des actions qu'il avoit faites ,
inspirerent ce choix à la Cour,
afin de l'éloigner du Commandement de nos grandes Ar-
mées , où il s'estoit fait un
nom qui leur faisoit quelque
peine.

Tandis qu'il se disposoit à
venir remplir la place de Mr.
de Montrevel , les Rebelles
continuoient leurs ravages ordinaires : Ce n'estoient que
meurtres , pillages & incendies , dans les Dioceses de

Mende, d'Usés & de Nîmes;
jamais pareille desolation. Les
Fanatiques, qu'on appelloit
les Camisards noirs, y égorgeoient les Catholiques : Les
Cadets de la Croix, qu'on
nommoit *les Camisards blancs*,
y tuoient les Religionaires ;
ainsi, l'acharnement recipro-
que de ces deux Partis oppo-
sez, y détruisoit insensible-
ment tous les Habitans : Enforte, que si on n'y eût promptement remedié, il seroit arrivé à ce malheureux Païs, ce
que la Fable raconte de cet Homme grison, lequel ayant deux
Femmes, dont la jeune lui ar-
rachoit les cheveux blancs, la
vieille les noirs, se trouva enfin sans chevelure.

Mr. de Basville, qui voyoit
avec douleur l'estat déplorable
où se trouvoient ces Diocéses,

par l'animoſité de ces deux
Partis, ſe rendit promptement
à Nîmes : & eut beſoin de
toute ſa prudence, pour trouver le moyen de ſe ſervir des
armes des Cadets de la Croix,
dont on ne pouvoit ſe paſſer,
à cauſe qu'on n'avoit pas aſſez de Troupes ; & de les empêcher en même-temps, de ſe
porter à des excés criminels,
qui, loin de reprimer la fureur des Fanatiques, les excitoient au contraire à commettre de plus grands attentats.

Dans cette penſée, il inſ-
pira à Mr. le Maréchal de
faire publier une Ordonnance,
qui portoit : *Qu'il ſeroit fait*
dans tout ce Païs, une revûë
exacte de tous les Anciens-Ca-
tholiques qui ſeroient en eſtat de
porter les armes : qu'on en feroit
donner à ceux qui n'en auroient

point : qu'on les obligeroit à se choisir des Chefs , ou qu'on leur en donneroit qui leur seroient agréables : qu'il leur seroit expressément deffendu de sortir armez , sans les Chefs qui leur auroient esté donnez , lesquels répondroient des desordres qu'ils feroient : qu'on deffendroit aussi à ces Catholiques armez , de piller , de brusler , de tuer , & que toutes ces actions seroient traitées comme des crimes ; mais , que lorsqu'ils auroient esté avertis que les Fanatiques seroient en quelque Lieu , ils pourroient s'assembler avec leurs Chefs , leur courre sus , les repousser , & les poursuivre , en s'abstenant de tout pillage.

Cette Ordonnance contenoit encore plusieurs autres choses , que je serois trop long à rapporter ici : elle fut

publiée, exactement obfervée ;
& par ce moyen , on arrefta
les violences que commettoient
auparavant les Cadets de la
Croix , & on continua à fe
fervir utilement de leurs armes
contre les Rebelles.

Ils avoient efté forcez, ainfi
que nous l'avons dit , de defcendre dans la Plaine ; mais,
s'y trouvant inquiétez par nos
Détachemens , par les Cadets
de la Croix, & par les Compagnies de l'Hermite & des
autres, qui les fuivoient fans-
ceffe , une partie de leurs
Troupes fit deffein de remon-
ter dans les Montagnes : Cependant, n'y pouvant fubfifter
à caufe du dépeuplement du
Païs, qui jufques là leur avoit
fourni de vivres , ils s'aviferent
de fe fervir d'une Caverne ,
qui eft auprés du Village de

Magistavels , dans la Parroisse de Cassagnas.

Cette Caverne , qui est vaste , profonde , & située dans un Païs sauvage , fut quelque temps le receptacle de tout ce qu'ils pilloient à la Campagne pour se nourrir ; & elle leur servoit aussi de retraite , pour se reposer aprés leurs courses , ou pour se cacher lorsqu'ils estoient poursuivis.

Quelque desert & solitaire que fust ce Lieu , il estoit assez difficile qu'ils pussent long-temps continuer à s'en servir sans estre découverts. Mr. le Comte de Tournon , qui commandoit à Barre , en fut averti ; & Mr. de Courbeville , Lieutenant Colonel de son Regiment , eut ordre d'y marcher avec un Détachement. Les Fanatiques ayant eu avis

de fa marche par leurs Sentinelles, en délogerent promptement, & gagnerent la cime
d'une Montagne voifine. On
entra dans la Caverne, où
l'on trouva une trentaine de
Bœufs, plufieurs Moutons,
beaucoup de Bled, quelques
Moulins à bras, enfin toutes
les provifions & tout le butin
de ces Voleurs, qui, du lieu
élevé où ils eftoient, le virent
emporter avec regret ; mais
n'eurent pas le courage de
defcendre pour s'y oppofer.

Ce fut à-peu-prés en ce
temps-là, que Lefevre, Lieutenant de l'Hermite, fit une
action qui merite d'eftre ra-
contée. Une Bande de ces Fanatiques, qui attendoient les
Paffans fur le grand Chemin,
avoit enlevé un paquet de Lettres importantes de Mr. le Ma-

réchal : Il fit appeller Lefe
vre, & lui témoigna qu'on lui
feroit plaifir fi on pouvoit le
recouvrer. Cet Officier, qui
eftoit devenu fameux Partifan,
choifit auffitoft fix Hommes
déterminez comme lui ; & environ minuit, avec fa petite
Troupe, armée feulement de
bayonetes, il alla droit au
Village où il fçut que ces Brigands fe retiroient : il y entra,
en répondant au *Qui-vive* de
leurs Sentinelles, *qu'ils eftoient*
des Enfans de l'Eternel : Il fçavoit quelle eftoit la meilleure
Maifon du Lieu ; & ne doutant point, que celui qui les
commandoit, & qui devoit
avoir ces Lettres, n'y fuft lo-
gé, il s'y prefenta. Celui qui
en gardoit la porte fut d'a-
bord faifi à la gorge, & poi-
gnardé fans bruit : Ils monte-

rent aux chambres ; & ayant
trouvé le Chef de ces Bandits
endormi , ils le tuerent dans
ſon lit, & trouverent dans ſes
poches ce qu'ils cherchoient.
Tout cela ne put eſtre fait,
ſans que l'allarme ne ſe répan-
diſt dans tout le Village ; mais
ils en ſortirent ſans accident,
avec la même intrépidité avec
laquelle ils y eſtoient entrez,
& porterent à Mr. de Montrevel les Lettres dont il eſtoit
en peine.

Ce même Courbeville, dont
nous venons de parler , par
une prompte marche qu'il fit
dans la nuit , avec un Déta-
tachement du Regiment de
Tournon , ſurprit auſſi alors
une Troupe d'environ cent
Fanatiques du coſté de Florac , où ils faiſoient mille deſordres : & ne leur ayant pas

donné le temps de fuir, il les obligea à se jetter dans des Maisons, où ils firent ferme; mais, les ayant fait attaquer vivement par quatre endroits, ils y furent forcez, & presque tous passez au fil de l'épée.

Cependant, les grosses Troupes des Fanatiques qui avoient resté dans la Plaine, se sentant de plus en plus pressées par la rigueur de la faim, resolurent de faire souffrir la même incommodité à ceux qui estoient enfermez dans les Lieux murez. Pour cet effet, ils faisoient sans cesse des Détachemens de Cavalerie & d'Infanterie, qui enlevoient tout ce que les Païsans portoient dans les Villes, pour la subsistance de leurs Habitans : ensorte que Nîmes, Anduse, Sommieres, & divers autres Lieux, en auroient

roient esté affamez, si Mr. le Maréchal & Mr. de Basville, n'avoient pris le soin de leur faire porter en sureté , les provisions dont ils avoient besoin.

Quoiqu'il y eust dans Nîmes, parmi la Noblesse, les Gens de robe, les bons Bourgeois, & les gros Marchands, plusieurs Nouveaux-Convertis, qui estoient bien intentionnez pour le service du Roy ; neanmoins toute la Populace de cette Ville, sur tout celle de ses Fauxbourgs, tenoit le parti des Rebelles. Les Anciens-Catholiques n'osoient en sortir pour aller cultiver les Champs, & ne sçavoient comment faire pour gagner leur vie : Il fallut leur assigner certains quartiers du Terroir , où ils alloient travailler , en leur donnant

N

des Escortes pour les deffendre. On fut même obligé de
faire abbatre toutes les murailles de pierre feche qui eftoient le long des grands Chemins ; parcequ'elles fervoient
à cacher ceux qui attendoient
les Paffans , & empêchoient
auffi nos Détachemens de courir aprés ceux qui s'y tenoient
en embufcade.

Mr. de Bafville ne negli-
geoit rien pour mettre fin à
ces troubles ; & quoiqu'il fe
fentift alors attaqué de la gou-
te , il ne laiffoit pas de fe
transporter par tout où fa prefence eftoit neceffaire , pour
faire tenir des munitions de
guerre & de bouche aux Troupes que Mr. le Maréchal mettoit en Campagne , non par
petits Détachemens , mais par
deux gros Corps , compofez

de neuf Bataillons ; afin de ne
plus tomber dans le malheur
arrivé à celles de la Marine ,
& conferver toûjours la fupe-
riorité fur les Rebelles , à qui
il eftoit dangereux de laiffer
remporter le moindre avantage.

L'enteftement de ces mal-
heureux Peuples , qu'on avoit
chaffez de leurs Habitations ,
eftoit fi prodigieux, que quoiqu'on ne puft leur donner ,
qu'avec affez de peine , dequoi fe nourrir dans les Lieux
où on les avoit enfermez , ils
fe retranchoient du neceffaire,
& fe réduifoient prefqu'à la
faim , pour envoyer fecretement des vivres aux Bandes
des Fanatiques qui faccageoient
le Plat-Païs. Sur l'avis qu'on
en eut , Mr. de Bafville fit
faire par tout une exacte perquifition de tous ceux qui en

eſtoient ſoupçonnez, & on enleva pluſieurs Hommes & Femmes, à Nîmes, Uſés, Alais,
Anduſe, & ailleurs, qui furent tranſportez aux Iſles de
Ste. Marguerite.

Mr. de Grandval, qui s'é-
toit rendu redoutable aux Revoltez, qu'il avoit ſouvent
battus, fut auſſi alors com-
mandé, avec un gros Déta-
chement d'Infanterie & de
Dragons, pour s'oppoſer aux
ravages qu'ils faiſoient dans la
Plaine, & aſſurer, ſur les bords
du Rhône, les Tirages du Sel,
dont ils enlevoient ſouvent les
Chevaux.

Ces precautions firent ceſ-
ſer pendant quelque temps,
les maſſacres & les incendies;
mais malheureuſement, Mr. de
Baſville ayant eſté obligé, par
la violence de ſa goutte, qui

redoubla alors , de se faire porter à Montpellier , & d'abandonner le Païs revolté, les desordres y recommencerent avec plus de fureur qu'auparavant.

Ce fut en ce temps-là , c'est-à-dire au commencement de l'année 1704. que Roland & Cavalier, ne trouvant plus dans la Campagne dequoi faire subsister leurs Troupes, allerent avec prés de douze cent Fanatiques à pied & à cheval, attaquer St. Geniés , Lieu muré dans le voisinage de Nîmes : ils en enfoncerent les Portes, & y entrerent sans beaucoup de resistance : Il n'y avoit que cinquante Mique-lets , qui se retrancherent , avec quelques Habitans , dans une Maison assez forte, où ils se deffendirent avec tant de vigueur, qu'ils ne purent jamais y eſtre forcez, & tuerent même une trentaine de ces Furieux, qui, voyant leur reſiſtance, les abandonnerent, & allerent décharger leur rage ſur le reſte du Lieu, dont ils bruſlerent l'Egliſe, quelques Maiſons, tuerent un Prêtre, deux ou trois Anciens Catholiques; & s'eſtant chargez de butin & de vivres, qui eſtoit ce qu'ils cherchoient principalement, ils ſe retirerent dans le Bois du Lins, reſolus de faire de nouvelles incurſions dans la Plaine, quand ils auroient achevé de conſumer les proviſions qu'ils emportoient.

Cependant, ayant ſçu que Mr. le Maréchal de Montrevel eſtoit ſur le point de quitter le Languedoc pour aller commander en Guienne, ils tinrent Confeil, & refolurent d'attendre le jour de fon départ pour entreprendre quelque expedition d'éclat. Mr. le Maréchal fut averti de la refolution qu'ils avoient prife, & fit deffein d'en profiter: Pour cet effet, il fe rendit à Sommieres, mit des Gens en Campagne pour obferver fecretement leurs mouvemens, fixa le jour qu'il devoit partir au 16. d'Avril, fit fes adieux, ordonna que fes Equipages fuffent prefts, & priffent la route de Montpellier, où il dit publiquement qu'il vouloit arriver de bonne heure ce jour-là même.

Son depart publié, il communiqua fon deffein à Mr. de Grandval & à Mr. de Sandricour: Il manda à Mr. de

N iv

Grandval, de partir de Lunel, avec deux cens Hommes du Regiment de Charolois, & cinq Compagnies de Dragons de Fimarcon & de St. Sernin : de se rendre sur les Côtaux de Boissieres & de Nages, où il se trouveroit ; & de dire en partant, que c'estoit pour l'escorter qu'il se mettoit en Campagne : Il manda de même à Mr. de Sandricour, de faire sortir de Nîmes cinq ou six cens Hommes, Suisses & Dragons : de les envoyer dans la nuit du costé de St. Cosme & de Clarensac ; & de répandre le bruit, que les Troupes qui partoient de Nîmes, alloient au-devant de Mr. le Maréchal de Villars, qu'on attendoit incessament.

Outre cela, afin que les Rebelles ne pussent échaper,

il pofta d'un autre cofté Mr.
de Menon , avec le fecond
Bataillon de Haynaut , & la
Compagnie franche de cent
Irlandois , commandée par le
Sr. Cotte ; enforte que par
cette difpofition , il envelopoit
toute la Vau-Nage , où il fçavoit que les Fanatiques avoient
deffein de fe jetter.

Les Mal - intentionnez du
Païs , qui avertiffoient exactement les Rebelles de tout ce
qu'ils apprennoient , ne man-
querent point de les avertir
du jour que Mr. le Maréchal
devoit partir ; & leur firent
fçavoir en même-temps , que
des Troupes qui eftoient en
mouvement , les unes alloient
au-devant de Mr. de Villars , &
les autres devoient efcorter Mr.
de Montrevel.

Sur cet avis , ils fortirent

M v

du Bois du Lins le 15. au ſoir,
& ſe rendirent dans la Vau-
Nage, au Lieu de Caveyrac,
où ils logerent tranquilement
par billets chez les Habitans,
qui les reçurent de bon cœur,
& leur virent faire la revûë
de leurs Troupes.

Le lendemain matin, ayant
ſçu que Mr. de Montrevel eſtoit effectivement parti de Sommieres à la pointe du jour, &
avoit pris la route de Montpellier, ils ne douterent point
qu'il ne continuaſt ſon chemin ; & ſortirent de Caveyrac
tambour battant, au nombre
de plus de quinze cent, &
s'allerent camper prés de Boiſ-
ſieres, entre le Bois de Bernis
& le Moulin de Langlade.

A peine y furent-ils, qu'ils
apperçurent Mr. de Grandval
qui deſcendoit du Coſtau de

Boiffieres ; mais, comme ils ne virent que les Dragons qui l'accompagnoient , parceque fon Infanterie, qui alloit plus lentement , ne paroiffoit pas encore , ils fortirent de leur Camp pour l'attaquer. Mr. de Grandval, qui ne voulut pas fuir devant eux , ni hazarder le combat , fans avoir efté joint par le Regiment de Charolois , qui n'eftoit pas loin, donna ordre aux Dragons d'efcarmoucher , & de fe battre en retraite : ce qui fut fait de maniere, que les Rebelles n'oferent les pourfuivre ; & aprés quelques coups tirez de part & d'autre , ils fe rejetterent dans leurs retranchemens.

L'Infanterie eftant alors arrivée , Mr. de Grandval en forma un Bataillon , mit les Dragons fur les ailes , & mar-

M vj

cha droit aux Fanatiques : Ils
estoient de beaucoup superieurs ,
& l'avantage qu'ils avoient remporté depuis peu sur les Troupes de la Marine , leur avoit
tellement enflé le courage ,
qu'ils crurent marcher à une
victoire certaine : aussi, ils sortirent de leur Camp , se mirent en bataille , & s'avance-
rent fierement, & en bon ordre.

Mr. de Grandval avoit com-
mandé à sa Troupe d'essuyer
le premier feu des Rebelles ,
& de ne tirer que de prés &
à propos ; cet ordre fut exactement suivi. On s'approcha
d'eux : ils attendirent de pied
ferme ; & aprés avoir , à leur
ordinaire , entonné quelque
Pseaume , au signal de leurs
Prophetes , ils firent leur décharge, un genoüil à terre , à

la demie portée du fusil , &
jetterent par terre une vingtaine de nos Soldats. On tira
alors sur eux ; & sans leur
donner le temps de recharger
leurs armes, nos Dragons fondirent sur leur Troupe de tous
costez , & renverserent leur
Cavalerie , tandis que le Regiment de Charolois les attaqua vivement la bayonete au
bout du fusil : ils soûtinrent
quelque temps la fureur de
cette attaque avec une intrépidité inconcevable , croisant
fierement leurs armes avec nos
Soldats : mais enfin, cette maniere de combattre les étonna ; ils prirent l'épouvante ,
commencerent à plier, & à se
battre en retraite. On profita
de leur consternation ; ils furent suivis de prés , & on les
obligea à prendre la fuite. Une

partie de leur Infanterie voulut se jetter dans le Village
de Nages, la nostre l'en em-
pêcha, & la poussa vers le
Lieu où Mr. de Menon estoit
posté, qui acheva de la tailler
en pieces. Le reste de leurs
Gens de pied, se sauvant vers
Clarensac, furent rencontrez,
& chargez par Mr. le Maréchal en personne, qui, ayant
quitté la route de Montpellier,
où il avoit fait semblant d'aller, avoit tourné tout d'un-
coup de ce costé là, pour les
enveloper avec une Troupe de
Grenadiers & de Gens choi-
sis, qui passerent au fil de l'é-
pée tous ceux qu'ils purent
joindre, & poursuivirent le
reste jusqu'au Bois de Canne:
Ce fut dans cette poursuite
que Mr. de Montrevel ayant
trouvé Mr. de Grandval à

pied, fon cheval venant d'ê-
tre tué fous lui, il lui fit prefent d'un des meilleurs des
fiens, avec lequel il continua
à pouffer la Cavalerie des Revoltez jufques dans le Bois du
Lins. Ceux des Fuyards qui
voulurent fe fauver du cofté
de Perignargues & de Mont-
pelac, furent pourfuivis par
l'Hermite, & par les Miquelets, qui en tuerent plufieurs:
enfin, la déroute des Fanatiques fut entiere, & la victoire
complete. Comme on les avoit
pelotez de tous coftez, depuis
le matin jufqu'à la nuit, &
qu'on ne s'eftoit pas amufé à
faire des Prifonniers, parce
qu'ils ne demandoient point
de quartier, tous les Champs
des environs, pendant prés de
deux lieuës, eftoient jonchez
de leurs morts: on en compta

plus de neuf cent, fans y comprendre ceux qui allerent mourir de leurs bleſſures dans les Bois du voiſinage. On leur prit auſſi plus de deux cent Chevaux ou Mulets, tous leurs équipages, & preſque tous les habits, les caiſſes de tambour, & les armes qu'ils avoient pris aux Troupes de la Marine.

Cavalier échapa de cette défaite; ſe ſauva dans les Bois de Veſenobre, avec le débris de ſa Cavalerie : De là, il voulut aller joindre la Troupe de Roland, du coſté de Brenoux & d'Hyeuzet, où deux ou trois jours aprés, Mr. de la Lande, qui le ſuivit avec une extréme diligence, acheva d'exterminer le reſte de ſa Troupe en deux occaſions, dans leſquelles il tua ſept ou huit cent Revoltez; & enſuite, châtia feverement tous les Lieux qui les avoient reçus, & mit les Rebelles hors d'é_ tat de pouvoir fe remettre en Campagne de long-temps.

Mr. le Maréchal de Mont- revel entreprit & executa cet- te action, avec autant de pru- dence que de valeur & d'acti- vité. Mr. de Grandval s'y fi- gnala, par fa conduite & par fon courage: Mr. le Bret Lieu- tenant Colonel du Regiment de St. Sernin, & Mr. de Pal- voifin Capitaine de Dragons, s'y diftinguerent, & furent bleffez dangereufement. Tous les Officiers, & les Soldats des autres Corps, y combatti- rent fans relâche, depuis le matin jufqu'à la nuit, avec une ardeur inconcevable. Nous y perdîmes une cinquantaine de Soldats ou Dragons, avec deux ou trois Officiers Subalternes : Et Mr. de Prefosse, Major General, fut envoyé à la Cour, pour y porter la nouvelle de cette importante défaite.

L'on remarqua, que cette victoire fut remportée sur les Fanatiques, le dernier jour que Mr. de Montrevel commanda dans la Province : enforte que cet évenement, arrivé la veille de son départ, fit croire à plusieurs, qu'il avoit voulu enlever la gloire de la défaite des Revoltez, à celui qui venoit prendre sa place, & confirma aussi l'opinion de ceux qui disoient, qu'il avoit negligé jusques là de combattre contre de si indignes Ennemis, puisqu'il les avoit battus lorsqu'il avoit voulu s'y appliquer.

Fin du troisième Tome.

guyon de sardiere

APPROBATION.

J'AI lû par l'ordre de Monseigneur le Chancelier, la *Suite de l'Histoire du Fanatisme de nostre temps*, &c. où je n'ai rien trouvé qui ne merite l'impression. Fait à Paris ce douziéme Novembre 1709. Signé, RAGNET.

PRIVILEGE.

LOUIS par la grace de Dieu Roy de France & de Navarre: A nos amez & feaux Conseillers les Gens tenant nos Cours de Parlement, Maîtres des Requestes ordinaires de nostre Hostel, Baillifs, Sénéchaux, leurs Lieutenans Civils, & autres nos Justiciers qu'il appartiendra, SALUT. Le Sr. BRUEYS Nous ayant fait exposer qu'il desireroit faire imprimer un Livre intitulé *Suite de l'Histoire du Fanatisme de nostre temps*, &c. s'il Nous plaisoit lui vouloir accorder nos Lettres de permission sur ce necessaires, Nous avons permis & permettons par ces Presentes audit Sr. Brueys de faire imprimer ledit Livre, en telle forme, marge, caracteres, autant de Volumes & de fois qu'il voudra, & de le faire vendre & débiter dans tous les Lieux de nostre obéissance pendant dix ans à compter du jour de la date des Presentes. Faisons défenses à tous Imprimeurs, Libraires &

autres, de contrefaire l'impression dudit Livre, introduite, vendre & débiter dans noftre Royaume d'autre impreffion que celle qui aura efté faite par celui ou ceux qui auront l'ordre dudit Sr. Expofant en vertu des Prefentes, à peine de confifcation des Exemplaires contrefaits, de trois mille livres d'amende contre chacun des Contrevenans, dont un tiers à Nous, un tiers à l'Hoftel-Dieu de Paris, l'autre tiers audit Expofant, & de tous dépens, dommages & interefts; à la charge que ces Prefentes feront enregiftrées tout au long fur les Regiftres de la Communauté des Imprimeurs & Libraires de Paris, & ce dans trois mois du jour de leur date. Que l'impreffion dudit Livre fera faite dans noftre Royaume & non ailleurs, en bon papier & beaux caracteres, conformément aux Reglemens de la Librairie; & qu'avant de l'expofer en vente, il en fera mis deux Exemplaires, dans noftre Bibliotéque publique, un dans celle de nôtre Chafteau du Louvre, & un dans celle de noftre trés-cher & feal Chevalier Chancelier de France le Sr. Phelypeaux Comte de Pontchartrain Commandeur de nos Ordres, le tout à peine de nullité des Prefentes; du contenu defquelles vous mandons & enjoignons de faire joüir ledit Expofant, ou fes ayant caufe, pleinement & paifiblement, fans fouffrir qu'il leur foit fait aucun trouble ni empêchement. Voulons que la Copie des Prefentes qui fera imprimée au commencement ou à la fin dudit Livre, foit tenuë pour dûëment fignifiée; & qu'aux Copies collationnées par l'un de nos amez & feaux Conseillers Secretaires, foy soit ajoûtée comme à l'Original. Commandons au premier nostre Huissier ou Sergent, de faire pour l'execution d'icelles tous Actes requis & necessaires, sans autre permission, & nonobstant Clameur de Haro, Chartre Normande, & Lettres à ce contraires : Car tel est nostre plaisir. Donné à Versailles le septiéme jour de Décembre, l'an de grace mil sept cent neuf; & de nostre Regne le soixante-septiéme. Par le Roy en son Conseil. Signé, TOURRES. Et scellé.

Il est ordonné par Edit de Sa Majesté de 1686. & Arrests de son Conseil, que les Livres dont l'impression se permet par chacun des Privileges, ne seront vendus que par un Libraire ou Imprimeur.

Registré sur le Registre N°. 2. de la Communauté des Libraires & Imprimeurs de Paris, page 515. N°. 957. conformément aux Reglemens, & notament à l'Arrest du 13. Aoust 1703. A Paris le 10. Décembre 1709. DELAUNAY, Sindic.

Et ledit Sr. Brueys a cedé son droit de Privilege au Sr. Martel, tant pour le premier Tome, que pour les suivans, pour en joüir pendant lesdites dix années, suivant l'accord fait entr'eux.

ADDITION.

DAns le temps que j'achevois à Montpellier ce troisiéme Tome, & que je me disposois à composer le quatriéme, je fus averti qu'on alloit imprimer à Paris un Livre intitulé, Histoire nouvelle & abregée de la Revolte des Cevenes. J'eus d'abord quelque peine à le croire, ne pouvant m'imaginer qu'il se fust trouvé quelqu'un qui, pour écrire, eust voulu choisir un sujet si ingrat, si difficile, qui ne presente à l'esprit qu'une uniformité rebutante de massacres, d'incendies, de supplices, & que je n'aurois moy-même jamais entrepris de traiter : mais, en 1692. me trouvant à Paris, où je travaillois, par ordre du Roy, à l'instruction des Nouveaux-Catholiques, je fus exhorté par feu Mr. de Chambonas Evêque de Viviers, d'écrire les desordres que le Fanatisme excita alors dans le Vivarais.

ā

ADDITION.

rés ; ce que je fis , seulement pour tâcher de tirer de là des instructions
pour les Religionaires , en leur mettant devant les yeux les moyens injustes & ridicules , dont ceux de leur
Secte se servoient , pour les porter à
la revolte , & les détacher de l'Eglise Catholique , dans laquelle ils venoient d'entrer.

Cependant , ce Livre , dont on m'a-
voit parlé , fut annoncé au Public par
le Journal de Trevoux ; & j'attendis
qu'il parust , dans le dessein de sup-
primer la suite de cette Histoire , si
je trouvois que l'Auteur qui m'avoit
prévenu , l'eust écrite avec fidélité &
exactitude : car , à quoi bon fatiguer
les Lecteurs de deux Livres , qui ne
leur raconteroient que les mêmes évenemens ?

Mais , après l'avoir lû , j'ai trouvé que celui qui nous a donné cet
Abregé , & qui n'a pas voulu nous
dire son nom , a eu le malheur d'écrire sur des Memoires très-défectueux :
& n'a eu aucune connoissance , ni du
veritable caractere des Chefs de ce
soulevement ; ni des temps ausquels ils

ADDITION.

ont paru ; ni des motifs qui les firent
agir ; ni des principales circonſtances
de cette rebellion ; ni des moyens promts
& efficaces qu'on mit d'abord en uſage, pour étoufer ce feu dans ſa naiſſance ; ni de ceux que l'on employa
enfin pour l'éteindre entierement , &
l'empêcher de ſe rallumer.

Je ne dis point ceci, par jalouſie
d'Auteur , ni par reſſentiment contre
un Homme , qui , pour écrire , s'eſt
aviſé de prendre un ſujet , dont tout
le monde ſçait que je ſuis en poſſeſ-
ſion depuis plus de vingt ans ; mais,
parceque c'eſt la pure verité : Et l'on
n'aura pas de la peine à croire que
j'ai eſté mieux informé que lui de toutes ces choſes, ſi l'on conſidére , que
j'ai écrit ſur les Lieux ; que j'ai vû,
& que j'ai parlé moy-même à la plûpart de ces Chefs , dont j'ai fait les
portraits d'aprés nature ; que j'ai tiré
tous les faits que je rapporte des Ori-
ginaux des Procédures, ou des Lettres que ceux qui commandoient dans
la Province écrivoient à la Cour: au
lieu que cet Auteur a compoſé ſon
Hiſtoire à cent cinquante lieuës des

ADDITION.

Cevenes ; n'a pû voir aucun de ceux dont il parle, & n'a écrit que fur des Oüi-dire, ou des Lettres de Gens qui n'eftoient pas inftruits de la verité.

Pour en eftre perfuadé, il ne faut que remarquer, que cet Ecrivain ne dit pas un feul mot, d'Efprit Seguier, qui fut le premier Chef, & Prophéte des Fanatiques des Cevenes ; ni du fameux Laporte, qui lui fuccéda ; ni de Salomon Couderc, autre faux Prophéte : cependant, ce furent ces trois infignes Scelerats qui arborerent les premiers l'Etendart de la Revolte, & commirent une infinité d'attentats.

Cet Auteur dit, que le Parti des Rebelles choifit bientoft des Chefs, & que les principaux furent Cavalier, Roland, Ravanel, Caftanet, Joiny, Catinat : Cependant l'on fçait, que ce ne fut point le Parti qui choifit ces Chefs : ce fut le hazard, l'audace, ou la folie, qui les mit, les uns aprés les autres, à la tefte des Troupes qu'ils commandoient ; & Cavalier, qu'il nomme le premier, ne parut que fort tard fur la Scene.

Cet Ecrivain dit, que Cavalier

ADDITION.

avoit fervi ; qu'il eftoit homme d'efprit, prudent, judicieux, politique.
La verité eft, qu'il n'avoit jamais
fervi : qu'il avoit efté Garçon Bou-
langer, enfuite Berger ; & ne paffoit
pour homme d'efprit, que parcequ'il
eftoit un peu moins fol que les autres
Fanatiques.

Cet Auteur donne à Ravanel, les
traits & la figure de Roland : & à
Roland, les traits & la figure de
Ravanel : Ce qu'il raconte de ce der-
nier, quand on eut mis fa tefte à
prix ; difant, qu'il alla fe préfen-
ter lui-même incognito, à Mr. le
Maréchal de Villars ; fe fit connoître
à lui, & obtint fa grace ; *eft une pure*
fiction, & perfonne n'en a oüi parler
en Languedoc.

Il dit, que l'ambition & l'intereft
furent les principaux motifs qui firent
agir les Chefs des Revoltez : *Et tout*
le monde fçait dans la Province, que
ce fut feulement la folie du Fanatif-
me, jointe à la cruauté & à la fureur.

Il dit, que lorfque Mr. le Maréchal de Montrevel fut envoyé pour
commander en Languedoc, les Fana-

ADDITION.

tiques s'emparerent d'un Poste, dans des hautèurs escarpées, où on n'osa les attaquer, & où ils furent bloquez: *C'est encore un fait dont personne n'a oüi parler dans cette Province. Tout le monde sçait, que les Rebelles furent toûjours dispersez d'un costé & d'autre, dans les Montagnes & dans les Bois, & ne furent jamais fixes en aucun Lieu.*

Il dit, que ceux qui exciterent les premiers troubles estoient les Religionaires, qui, aprés la revocation de l'Edit de Nantes, s'estoient refugiez dans les Etats du Roy de Prusse, & avoient trouvé le moyen de revenir dans les Cevenes: *Cela est si peu vrai, qu'il n'en revint aucun, que l'on sçache, de ce Païs-là ; & que tous ceux qui y allerent, y ont demeuré, & s'y sont établis.*

Enfin, il me faudroit copier ici tout ce Livre, si je voulois rapporter tous les endroits où cet Auteur a esté trompé: Mais, je ne sçaurois passer sous silence la bevûë dans laquelle ceux qui lui ont fourni des Memoires l'ont fait tomber, quand ils lui font dire,

ADDITION.

qu'au commencement de la revolte
de 1702. Mr. de Basville crut que ce
début auroit des suites , & pensoit
sainement qu'on ne pouvoit trop
promptement aller à force ouverte
au-devant de ces attentats : qu'il eût
mis alors en usage les moyens les
plus efficaces, que son zéle pour le
bien de l'Etat auroit fournis ; mais ,
soit que des considérations pour quelques Evêques , qui penchoient du
costé de la douceur, l'eussent arresté ;
& qu'on lui eust persuadé, qu'il devoit assez attendre de son autorité ,
& de celle des Commandans du Païs,
pour ne pas recourir sitost à une
plus forte ; il espera faire rentrer
dans l'obéissance ces Peuples égarez ;
& se contenta pour lors de donner
aux Cantons les plus mutins des marques d'une severité moderée.

Voici cependant des faits qui dé-
mentent hautement ce qu'on lui fait
dire : mais des faits dont tous les
Peuples de Languedoc sont témoins ,
& que cet Auteur a ignorez ; parce-
que, comme je l'ai déja remarqué ,
ceux qui lui ont fourni des Mémoi-

ADDITION.

res, ne lui ont rien appris, ni d'Esprit Seguier, ni de Laporte, ni de
Salomon Couderc, ni des premiers
attentats de la revolte, ni de la
prompte & terrible punition qui en
fut faite.

Le 24. du mois de Juillet de l'an
1702. une Troupe de Gens armez fondit de nuit dans le Village du Pont
de Mont-Verd, & y commit les desordres que j'ai racontez dans mon
second Tome de cette Histoire ; ce fut
le premier éclat du soulevement des
Cevenes. Mr. le Comte de Broglie
partit aussitost de Montpellier, &
alla sur les Lieux, avec deux Compagnies de Fusiliers, après avoir fait
prendre les devants aux Milices, &
donné ordre au Capitaine Poul de
marcher de ce costé-là, avec sa Compagnie. Mr. de Basville, qui rele-
voit à peine d'une grande maladie,
le suivit le même jour, & se fit porter à Alais, où il condamna à la
mort & fit exécuter sept de ces Scelerats, qui avoient esté arrestez par
ses ordres : il établit ensuite une Chambre de Justice, tirée du Présidial de

ADDITION.

Nîmes , laquelle eut ordre d'aller siéger à Florac. On suivit à la piste les Revoltez de jour & de nuit , & le 28. du même mois on tomba sur eux : Ils furent taillez en pieces : on en tua une trentaine : Esprit Seguier, leur Chef, Pierre Nouvel , plusieurs autres des principaux , furent pris en vie : Ce premier fut bruslé vif au Pont de Mont-Verd , où il avoit beaucoup contribué à faire perir l'Abbé du Cheyla : tous les autres furent roüez ou pendus. Ce soulevement avoit commencé la nuit du 24. au 25. de Juillet ; le 28. du même mois tout fut tranquile ; le reste des Attroupez disparut , & n'osa se montrer de quelque temps.

Les desordres ayant recommencé sur la fin du mois de Septembre de la même année , Mr. de Basville se rendit d'abord à Alais , & Mr. le Comte de Broglie monta dans les Hautes-Cevenes , aprés avoir donné ordre aux Milices , & aux Compagnies des Fusiliers, de marcher. On joignit la Troupe de Laporte : on la battit à plate couture ; il y fut tué ,

ADDITION.

avec son Prophéte Salomon Couderc, & plus de trente Fanatiques. Poul fit couper la teste à Laporte, & à douze des principaux qui avoient resté sur le Champ du combat : Ces têtes furent portées à Montpellier, où Mr. de Basville les fit exposer en public. Plusieurs de ces Scelerats furent pris, & executez en differents Lieux : Et ce second soulevement, comme le premier, fut entierement calmé dans sa naissance, par les executions militaires, & par les supplices.

Aprés cela, comment peut-on dire de Mr. de Basville, ce que nous avons rapporté ci-dessus? Il est vrai que les desordres recommencerent, peu de temps aprés, avec encore plus de violence ; parcequ'il s'éleva de nouveaux Chefs, qui prirent la place de ceux qu'on avoit exterminez, & que tous les Habitans du Païs, qui estoient infectez du Fanatisme, favorisoient la revolte : mais il est certain, & connu de toute la Province, que pour arrester la premiere fougue d'une rebellion, on n'a jamais agi avec tant de diligence, d'activité, & de

ADDITION.

vigueur ; ni employé des moyens plus
prompts, plus efficaces, & plus heureux, que ceux que l'òn mit alors en
usage.

Cet Auteur n'a pas esté de même
mieux informé de la verité, quand il
a dit, que ceux qui commandoient
en Languedoc, negligerent d'informer la Cour de ce soulevement, de
crainte de donner de fausses allarmes,
ou pallierent les choses, n'osant les
mander telles qu'elles estoient : Cela
est si éloigné de la verité, qu'il est
certain que Mr. de Basville écrivoit
exactement tous les Courriers aux Mi-
nistres ; & non-seulement il leur mandoit tout ce qui se passoit dans les
Cevenes, mais encore il les avertis-
soit que cette revolte auroit des suites
terribles, lesquelles il prévit deslors,
parcequ'il connoissoit parfaitement le
Païs, & les mauvaises intentions de ses
Habitans. J'ai vû moy-même les Copies des Lettres qu'il leur écrivoit,
& qui m'estoient mises entre les mains
pour composer l'Histoire que j'en ai
faite.

Ainsi, puisque cet Ecrivain a esté

ADDITION.

*très-mal informé en toutes chofes fur
ce qu'il a écrit , & que ceux qui liront fon Livre y feront auffi peu inftruits des troubles des Cevenes que
des guerres de la Chine , j'ai crû que
fon Abregé ne me devoit pas empêcher de donner à mes Lecteurs la fuite de cette Hiftoire ; d'autant mieux
qu'on y trouvera la revolte du Vivarés , l'expedition du Port de Cette , & plufieurs autres chofes , dont
cet Auteur ni perfonne n'a encore donné aucune Relation au Public.*

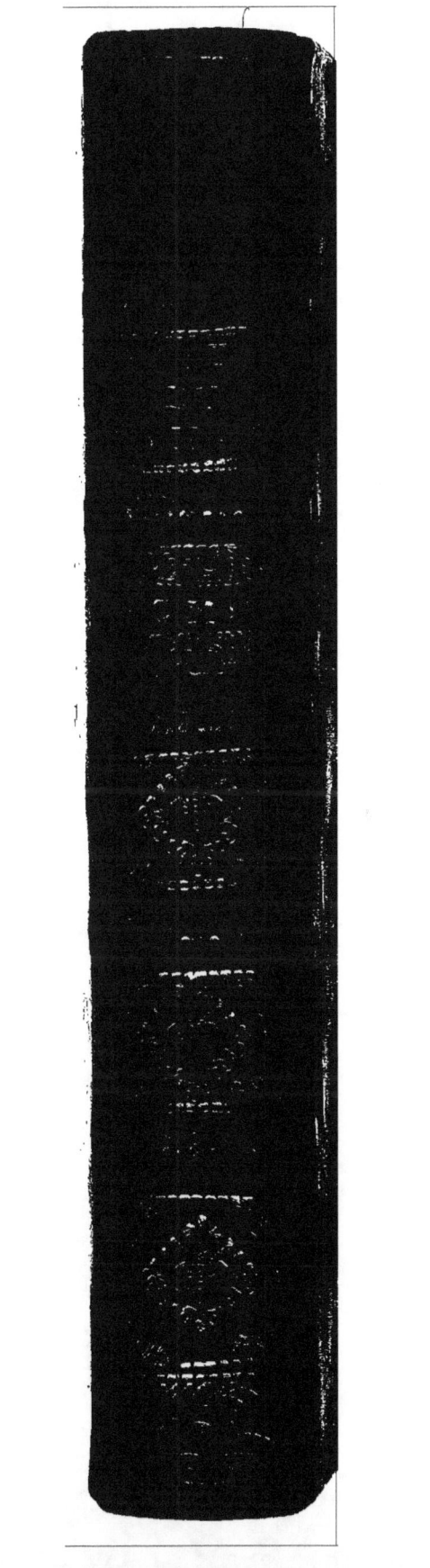

www.ingramcontent.com/pod-product-compliance
Lightning Source LLC
Chambersburg PA
CBHW072351030726
47505CB00014B/1468